Florian Gosser, Juni 2005

Akira Kuroda

MADE IN JAPAN

Roman

Aus dem Japanischen von
Martina Berlin

J book@maas

Erste Auflage 2004

Herausgegeben von JBOOK
Lektorat: Oliver Rauch
Umschlaggestaltung und Layout: id&d/Natsumi Komatsu
Umschalgfoto: ©Yumiko Urae
Autorinfoto: ©BUNKO
Druck und Verarbeitung Trigger, Berlin

Printed in Germany
ISBN 3-929010-90-9
www.j-book.de

Inhalt

»Hi, kids! Do you like violence?«

Mit leisem Quietschen schluckt der Rekorder die Videokassette. Das Gerät saugt den Fremdkörper in sich hinein. Es saugt eine fremde Existenz auf. Die Bewegung einer slut, die sich über dich stülpt. Begierde. Dazu unser Verlangen, hineinzustoßen und aufgesaugt zu werden.

01 WHO CAN DENY?

Ich werde mir gleich ein Video angucken. Einen dieser richtig fiesen Kiddy-Pornos. Es ist sogar ein Snuff-Video. Ein Kiddy-Porno ist ein Film, in dem arme kleine Kinder von einem oder mehreren Erwachsenen vergewaltigt werden. Bei einem Snuff-Video kommen noch krasse Gewaltszenen dazu: das Kind wird vergewaltigt und dann umgebracht. Ich werde heute zum ersten Mal ein echtes Snuff-Video ansehen. In den meisten dieser Pornos sind die Morde doch bloß nachgestellt. Eigentlich ist das ganze Genre eher Science Fiction. Kaum zu glauben, aber es soll Leute geben, die sogar bei Splatterfilmen einen hochkriegen. Mal was anderes. Habt ihr euch noch nie gefragt, wieviel Pornos jeden Tag so rauskommen? Oder wieviel Kinder jede Sekunde geboren werden? Zählen ist mysteriös. Bestimmte Probleme kann man schon durch Zählen lösen. Manche Dinge zählt man, andere idiotischerweise nicht, weil sie zu unbedeutend sind. Das ist der einzige Unterschied. Man zählt, wieviele Menschen jeden Tag sterben und wieviele

Frauen schwanger werden: allein durch das Zählen kommt es uns vor, als hätten wir etwas gelöst und bräuchten nicht mehr groß darüber nachzudenken. Zählen ist anorganisch, emotionslos und total sexy.

Zurück zum Thema Snuff-Videos. Es gibt tatsächlich auch ein paar echte Snuff-Videos. Ich weiß aber nicht, wieviel Prozent es sind. So eins werde ich jedenfalls gleich sehen. In einem normalen Video-Shop kriegt man das natürlich nicht. Es gibt bestimmt mehr echte Snuff-Videos als Horrorfilme, in denen echte Monster auftauchen. Aber man sollte sich nicht die Mühe zu machen, so was zu suchen. Da lohnt es sich eher, einen Flieger irgendwohin zu nehmen und selber mit einem süßen kleinen Balg (einem fünfjährigen oder so) ein paar SM-Spielchen zu spielen.

Versteht ihr, es geht hier um zählbare Fakten. In einem Snuff-Video wird jemand wirklich ermordet. Vor euren Augen, immer wieder, sooft man auf 'Play' drückt.

Das Video gehört Takashi, dem perversesten Schwein von uns vieren. Genauer gesagt, Takashis Vater. Wir versorgen ihn mit Dope, dafür will er uns das Video zeigen. Takashis Alter arbeitet als Vorstandsmitglied in so einer Riesenfirma. Das heißt, nach außen führt er ein überaus anständiges Leben. Dabei übertrifft er noch **American Psycho**. Er fährt nämlich darauf ab, zuzusehen, wie kleine Gören vergewaltigt oder sogar umgebracht werden;

ein echter **knock down**. Gleichzeitig ist er so rettungslos bescheuert, dass er sich sein Dope von seinem Sohn und dessen Kumpels besorgen lassen muss. Ein feiger Perversling, der mit seinem kranken Hobby den Lolita-Gedanken entweiht, wenn ihr wisst, was ich meine. Er ist echt zum Kotzen. Der Alte hat in seiner Sammlung jedenfalls, wenn man die CD-Roms mitzählt, locker mehr als tausend Titel. Ist wirklich erstaunlich. Womit er besonders angibt, sind seine Super-Ultra-Underground-Videos aus Amerika, Deutschland und Holland. Er behauptet, dass man solche Videos gar nicht in die Finger kriegt, wenn man nicht ernsthaft in das weltweite Netzwerk dieser Leute einsteigt (du perverses Schwein, deine sexuellen Vorlieben kannst du nicht offen ausleben, stattdessen sublimierst du deinen Frust bei den Kumpels deines Sohnes). Takashis Alter hat es vor kurzem geschafft, sich in eine **connection** zu einer ganz aktiven deutschen Gruppe einzuklinken. Ausgerechnet dafür benutzt der Kerl sein Englisch und sein Deutsch. Die Sprachen hat er sich vor langer Zeit während seines Auslandssemesters in Harvard zugelegt, und als er für seine Firma in Deutschland gearbeitet hat. So hat auch dieses Filmchen den Ozean überquert und ist in sein anständiges Haus gekommen. Und heute ist der große Tag der Vorführung. Takashi liest vor, was auf der Kassette steht:

»Was steht denn da?«

»Geschlecht: männlich. Rasse: weiß. Alter: sieben Jahre. Haarfarbe: blond. Augenfarbe: hellgrün.«

»Ist bestimmt ziemlich niedlich.«

»Wird der echt gefickt? Ist das nicht irre? Meinst du, da passt echt ein Schwanz rein?«

»Hast du was da?«

»Spinnst du? Heute machen wir's mal straight. Wenn du das auf Acid siehst, wird dir so übel, dass du sterben willst.«

»Ha ha ha.«

Das Etikett, das er gerade vorgelesen hat, ist auf Deutsch geschrieben. Takashi kann auch Deutsch, durch den Job seines perversen Alten. Er wurde in Berlin geboren, war dann, bis er fünf war, in Japan, dann in Rom, Holland und Deutschland auf der Grundschule, und in Belgien und der Schweiz auf der **junior high school**. Oder so ähnlich. Takashis Vater ist jedenfalls ein hohes Tier in der Auslandsabteilung seiner Firma. Deswegen ist Takashi jede Menge in Europa herumgekommen. Mit der deutschen Sprache kann man sonst in Japan überhaupt nichts anfangen, aber jetzt ist das für uns ganz praktisch. Takashi war in Europa nur auf landessprachlichen Schulen. Er sagt, dass er überall, wo er gewohnt hat, dauernd mit den Freaks auf Raves abhing. Sein Japanisch ist unmöglich. Er kann zwar irgendwie reden, aber da er nie Kanji[1] gelernt hat, schreibt er nur Hiragana[2] und lateinische Buchstaben. Er ist ein echter **drop out**. Alle möglichen Sprachen kann er ein bisschen, aber keine perfekt (behauptet er jedenfalls). Was sein Japanisch angeht, so stößt er sogar in Mangas noch auf Kanji, die er nicht entziffern kann, obwohl er schon in der elften Klasse ist. Na ja, wenn ich's mir so überlege, bin ich vielleicht auch nicht besser. Takashis Mama hatte ihren zu einem Ausländer mutierten Sohn und ihren perversen Mann, der nur zum Geldverdienen gut war, so satt, dass sie der Welt Lebewohl sagte. Das war in Holland. Sie schoss sich mit einer Schrotflinte aus Papas illegaler Waffensammlung den Kopf weg. Allerdings wusste sie anscheinend nichts über die durchschlagende Wirkung von Schrotflinten, denn ihr Testament, das sie neben das Bett gelegt hatte, war vor lauter Blut und Hirnmasse unlesbar. So verschwand alles, was sie noch sagen wollte, in tiefroter Finsternis.

Eine Weile nach der ganzen Aufregung mit Mama wurde der Alte wieder versetzt – japanische Firmen mögen Skandale nämlich nicht besonders. So kam es, dass die auf zwei Mitglieder zusammengeschrumpfte Familie wieder japanischen Boden betrat. Dass es die beiden miteinander aushalten, liegt einzig und allein an ihren gemeinsamen perversen Vorlieben. Ich versteh ja nichts davon, aber vielleicht ist das auch `ne Art von Liebe.

Wir vier haben uns in der **high school** kennengelernt.

1: In der japanischen Sprache verwendete komplexe Chinesische Schriftzeichen, bei denen jeweils einem Zeichen eine Bedeutung zugeordnet ist.

2: Hiragana ist neben Katakana eine der beiden einfachen japanischen Silbenschriften, die nur die Aussprache der Wörter wiedergeben, aber selber keine Bedeutung haben.

Unsere Schule ist ein Sammelbecken für Kids, die lange Zeit im Ausland gelebt haben. Eine Herde Kinder, die von ihren Eltern quer durch die Welt geschleift wurde. Als sie sich endlich daran gewöhnt hatten, wurden sie wieder zurück nach Japan geschleppt. Unter dem Etikett unserer 'Internationalität' brauchen wir uns nicht einzugestehen, wie wenig uns mit Japan verbindet. Ich wurde aus Amerika nach Japan verfrachtet, Takashi, der perverse Raver, war zuletzt in der Schweiz, Shin, der von uns vieren am besten aussieht, in Mexiko, und Satoru, der Dealer, kam aus Frankreich. Takashi ist allein schon durch seinen speziellen **background** komisch (ich diskriminiere hier niemanden, ich sage nur, wie es ist). Und ich meine nicht komisch in irgendeinem netten Sinn. Ich kann nicht genau erklären, was es ist. Ich kann seine Augen nicht ab. Sie wirken eiskalt und blitzen so verächtlich zwischen den halbgeschlossenen Lidern hervor. Darum können viele Kids Takashi nicht leiden. Man fühlt sich irgendwie gedemütigt, wenn er mit einem redet. Vielleicht macht er das ja auch absichtlich, weil er Streit sucht. Ein unheimlicher Typ. Und dazu noch dieser Vater. Apropos halbgeschlossene Lider: Shin hat auch solche Augen.

Er war sechs Jahre in Mexiko. Davor wohl ein Jahr in Texas. Aber er sagt, dass er sich kaum daran erinnern kann. Ich glaube, er kokettiert ein bisschen mit seinem apathischen Südländer-Image. Wenn er seine riesigen Kulleraugen bloß einmal richtig aufreißen würde, würden sie bestimmt raus fallen. Er ist nicht besonders groß. Vielleicht einen halben Kopf kleiner als Takashi und ich. Satoru ist auch kleiner als wir beide, aber größer als Shin. Shin hat lange, seidige Wimpern, helle Haut und schön geschwungene Lippen. Er sieht wirklich gut aus, er soll sogar schon mal gefragt worden sein, ob er nicht als Model arbeiten will. Das passt ganz gut zu ihm; sein Körper ist dünn und knochig. Das ist **in** zur Zeit. Überall staksen seine Gelenke heraus, für mich sieht das irgendwie krank aus. Die Frauen fahren auf ihn ab, aber ich finde ihn eher eklig. Offensichtlich steht Takashis Alter auch auf Shin. Den scheint das nicht zu stören. Er behandelt ihn mit derselben Gleichgültigkeit, die er auch Frauen gegenüber an den Tag legt.

Dann ist da noch Satoru. Er ist der Umgänglichste von uns. Es liegt vielleicht daran, dass seine Familie was Besonderes ist. Seine Eltern arbeiten beide für die japanische Regierung. Er hat mit ihnen acht Jahre lang das schicke europäische Leben in der Pariser **high society** genossen. Darum hat er auch dieses dämliche Lächeln drauf. Für ihn bedeutet **high society** außerdem noch **get high**. Das Söhnchen aus gutem Hause hat sich die Drogen angewöhnt. Er dealt auch hier und schmeißt mit seinem Geld um sich. Für ihn ist das hier bloß noch mehr **making money**. Eine wirklich glückliche Familie. Wenn Satoru lächelt, macht er auf jeden gleich einen total vertrauenerweckenden Eindruck. Dabei ist er ein mieser Dealer. Durch die ganzen Drogen ist das Weiß in seinen Augen immer trübe. Ist doch eklig, oder? Abgesehen von den Drogen habe ich mit ihm nichts zu tun. Absolut null Interesse.

Nun zu mir. Ich bin aus Amerika zurückgekommen, wo ich zwölf Jahre lang gemütlich gelebt habe. Ich heiße Shu. Als Kanji schreibt man das **修**. Seit ich klein war, hat mich nie jemand mit dem Kanji-Namen gerufen. Es hieß immer S-H-U. Fast wie das Geräusch einer fauchenden Katze, oder als wolle man jemanden beruhigen. Ein merkwürdiger Name. Man sagt zwar, dass jedes Kanji eine eigene Bedeutung hat, aber mir sagen Kanji-Namen überhaupt nichts. Ich bin einfach S-H-U, das ist mein **background**. Wir haben auf dem Land, im östlichen Teil des Mittleren Westens, gewohnt. Ich bin eher der vernünftige Typ, ein Theoretiker. Ich stehe auf Rationalität. Auf Dinge, die sich analysieren und lösen lassen. Darum hasse ich undurchsichtige Sachen. Ich finde, Takashi, Shin und Satoru benehmen sich irgendwie undurchsichtig. Ich hänge nur so mit ihnen rum, nicht weil ich mich mit ihnen besonders gut verstehe.

Unsere gemeinsame Sprache ist Japanisch. Wir sprechen japanische Umgangssprache und vier verschiedene Slangs aus anderen Sprachen, schön gleichmäßig verteilt, alle aus derselben Sprachfamilie. Takashi spricht dank seiner europäischen Erziehung ganz gut Englisch. Besonders, seit er auf der **International School** in Rom war, ist sein Englisch fast perfekt. Ich kann ein bisschen Spanisch, darum unterhalten Shin und ich uns manchmal auf Spanisch. Aber meistens reden wir Japanisch. An der Schule hängen immer die Kids zusammen, die die gleichen Sprachen sprechen. Es ist eine richtige kleine Miniaturwelt. Es gibt verschiedene **tribes**, manche werden wegen ihrer Herkunft sogar diskriminiert. Wir sind umgeben von Verachtung, Minderwertigkeitsgefühlen und anderen, komplizierten Gefühlen. Es gibt sowohl politisch Aktive als auch Typen, die so wirken, als würden sie immer noch mit einem Surfbrett unter dem Arm durch Santa Monica laufen. Alle tun so, als wären sie noch da, wo sie früher mal gelebt haben und benehmen sich wie Leute, die dort geboren sind. Ein globales Gefühl will nicht so recht entstehen. Solange wir in diese Schule gehen, gibt es keine Notwendigkeit, sich an Japan anzupassen. Es ist schon lächerlich, wie all diese Bescheuerten versuchen, mondän zu tun, dabei sind sie nichts weiter als stinknormale junge Japaner. Lauter uncoole Typen. Wir vier sind auch nicht besser. Wir sind eigentlich zu nichts nutze. Außer den paar Sprachen (neben Japanisch) können wir nämlich gar nichts. Aber diese Tatsache macht jedenfalls meine Persönlichkeit aus. Keine Ahnung, ob das nun gut oder schlecht ist, aber dass ich hauptsächlich in der englischen Sprache lebe (gelebt habe), ist bestimmt ein Riesenteil meiner Persönlichkeitsbildung (gibt es so was überhaupt?). Wie ich jetzt über diese Sachen rede und das mit meinem Namen und so, das hat nämlich auch alles damit zu tun. Eins ist mir klar: es gibt eine direkte Verbindung meiner Gedanken zum lateinischen Alphabet.

Ich rauche **Ganja** und merke, wie ich irgendwie erregt werde. Ich verachte Takashis Alten. Ich seh mir das nur an, weil ich einen Kick wollte, aber plötzlich weiß ich nicht mehr so genau, ob das stimmt. **Es ist nämlich supergeil, wenn ein Mensch weint und schreit.**

Der riesige Schwanz eines Schwarzen bohrt sich in den Arsch des Kleinen. Das Balg kreischt wie verrückt.

»Iiiih !«

»Das sieht aus wie ein **fist fuck.**«

Tropfendes Blut.

Der Mann zieht seinen Penis aus dem Arsch des Jungen. **Close up.** Das Arschloch ist ganz blutig. Iiih.

Der Alte macht ein wichtigtuerisches Gesicht und stottert:

»A- a- a- ein Do- Deutscher, den ich kenne, hat mal, als er `nen fü- fü- fünfjährigen in den A- arsch gefickt hat, den Da- darm des Jungen dabei zerrissen. Da hatte er ein e- e- echtes Problem.«

Mir wird ein bisschen übel. Natürlich nicht, weil mir das Kind leid tun würde.

»Ich kann kein Blut sehn.«

Ich bin schließlich ein Junge. Wenn ich viel Blut sehe,

könnte ich ausrasten. Ich muss mich zusammenreißen, ich hab das Gefühl, dass sonst jeden Moment etwas aus mir heraus bricht. Ob das nun Kotze ist oder was, keine Ahnung. Ich glaube, so war es bei mir schon immer, schon als ich noch klein war. Wahrscheinlich kann ich einfach kein Blut sehn. Ich reiße meinen Blick vom Bildschirm und blättere in den Pornoheften, die hier überall rumfliegen. Natürlich alles Kiddy-Pornos – ist ja schließlich der **private room** von Takashis Vater. Wohin man auch guckt, auf jeder Seite verängstigte Augen, weggetretene Blicke, hübsche Kinderchen in schrecklichen Posen. Geopferte Kinder.

Satoru macht ein angewidertes Gesicht und guckt Shin neugierig an. Er sieht aus, als würde er gleich kotzen. Dann fragt er ihn:

»Hey, Deine Augen glänzen ja richtig. Findest du das besser als Frauen, du perverser Bock?«

»Ha ha ha, du Idiot! Ich bin high!«

»Ach ja? Hey, was kaust du denn da?«

»Peyote.«

»!Echt mal?! Wo hast du denn das her? Gib mal was rüber!«

»War bloß'n Scherz, du Blödmann. Ich hab nur das gleiche Gras wie du auch, Mann!«

Sind die bescheuert. Quatschen dauernd über Drogen. Na, ich weiß ja nicht, ich hab wohl auch kein besseres Thema. Ich sehe wieder zum Fernseher rüber. Das Gör auf dem Bildschirm hat aufgehört zu schreien. Er liegt erstarrt auf der Seite und schaut die Kamera (das heißt uns) an. Der Kameramann sagt etwas zu dem Schwarzen, der aussieht wie ein Basketball-Star. Man versteht nicht, was er sagt. Der Schwarze nickt folgsam und führt die Anweisung aus. Dabei macht er die ganze Zeit ein cooles Gesicht. Mit seinen starken Armen verdreht er einen Arm des Balgs. Ein verhängnisvolles Geräusch. Das Geräusch brechender Knochen. Ganz einfach, wie wenn ein Ast oder so was zerbricht. Es macht wirklich 'knacks'. Habt ihr das gewusst?

»Da fällt mir dieses **summer camp** im Wald ein. Wir sind damals extra deswegen in die **States** geflogen«, sagt Shin breit grinsend.

Vielleicht will er einen auf stark machen, keine Ahnung – widerlich.

»**Shut up, bitch...**«

Obwohl ich Shin anstarre, grinst er einfach weiter.

»Je- je- jetzt ist nicht mehr p- p- **play time**, sondern **pray time**«, sagt der Alte. Zum Kotzen. Einer seiner typischen bescheuerten Witze.

»Haaalt die Klappe, du perverses Schwein!«, schnauzt Satoru mit hochrotem Kopf den Vater seines Freundes an.

Tja, Satoru scheint ganz schön angeturnt zu sein. Ein Glück, dass man von Gras in so einer Situation nicht auf einen **bad trip** kommt. Ich verstehe ja Satorus Erregung, aber andererseits verstehe ich auch, dass Takashis Alter solchen Blödsinn erzählt. Niemand lässt sich gerne beim Träumen (im eigenen Wunderland) stören, aber irgendwie ist es auch peinlich, vor allen anderen so völlig darin abzutauchen. Auf Drogen werden alle zum **instant genius**. In diesem Zustand kapiere ich einfach alles.

Aber der Alte scheint ohnehin taub zu sein für das, was Satoru sagt. Schließlich ist es ja auch gerade seine lang ersehnte **'pray time'**.

»Ein **Horror-Killer-Trip**.... wir werden auch alle vernichtet«, sage ich halb zu Shin, der neben mir sitzt, halb zu mir selbst. »Ist es das, was man Spiel mit dem Tod nennt? Übrigens, hast du neulich das Mädchen gepoppt?«

»Mach keine Witze. Die war extrem hässlich. Mörderhässlich!«

Shin wendet sich wieder dem Fernseher zu und rülpst vor Überdruss. Mörderhässlich? Unvermittelt taucht vor meinen Augen das hässliche Mädchen auf. Sie verwandelt sich in einen **metallic body**. Ich stelle mir vor, wie sie randalierend durch die Stadt zieht. In SOUTH PARK gab es auch mal so eine Geschichte. Meine Lieblingsfolge. Barbara Streisand verwandelt sich in einen Roboter, der total ausrastet, bis Robert Smith von den CURE, in einen Riesen verwandelt, sie schließlich umhaut. Die Hässliche in meiner Einbildung ist so eine Art Metallroboter, wie ein **IRON DOG**, mörderisches Metall, eine hässliche Maschine, mörderhässlich.

MetallMörderMetallMörderMetallmörderMetallMörder-MetallMörderMetallMörderMetallmörderMetallMörder-MetallMörderMetallMörderMetallmörder. Me- Mö-.

The Master of Death.

Ein **loop** dreht sich in meinem Kopf.

Ich mache die Augen zu.

Es scheint, das Balg lebt noch, denn unter der kreischenden Kettensäge hört man leise seine Schreie.

KITTY im KIDDY PORN und das ist NO KIDDING.

In meinem Kopf beginnt der **loop** von neuem. Ist ein guter **chill out.**

»Waaahnsinn«, seufzen Satoru und Shin gleichzeitig.

Ich öffne die Augen, aber ich schaue nicht auf den Bildschirm. Takashi hat dieses widerliche Grinsen drauf. Ich weiß plötzlich überhaupt nicht mehr, was ich hier eigentlich soll. Wollte ich so was überhaupt sehn? Versteht mich nicht falsch, damit meine ich nicht, dass ich es öde oder albern finde, denn alles, was hier passiert, ist immerhin echt. Aber trotzdem – irgendwas passt mir nicht. **Wollte ich das wirklich?** frage ich mich. Das ist noch nicht alles. **Wie kommt dieses Gör hierher?** Wieso bin ich hier und sehe mir so was an? – Weil Satoru mir heute früh in der Schule vor dem Unterricht Bescheid gesagt hat. Satoru sah erwartungsvoll aus, als er mich euphorisch in seinem Englisch mit dem harten französischen Akzent vollquatschte. Wie immer drehte er dabei mit den Fingern an seinen langen Haaren herum, die ihm ins Gesicht fallen. Mein erster Gedanke war: 'Mit dem stimmt was nicht.'

»Das Ding, über das wir geredet haben, ist bei Takashi angekommen.«

»Echt mal? Mann, das ist doch gefährlich. Wenn das aufgeflogen wäre. Gibts denn da keine Kontrollen?«

»Anscheinend nicht. Und wenn schon, sein Papa ist doch ein hohes Tier, er hat auch gute **connections**.«

Ich stand am Fenster, und mein Blick fiel auf Takashi, der sich gerade mit Shin unterhielt. Als er meinen Blick bemerkte, grinste er und nickte mir kurz zu. Mich schauderte vor Erregung.

Shin, der sich die ganze Zeit voll auf den Bildschirm konzentriert, spricht mich plötzlich an.

»Shu, wie war das damals eigentlich bei dir?«

»Was denn?«

»Na, in Amerika. So was hätte dir doch auch passieren können.«

»Hä...?«

Der mit seinem niedlichen harmlosen Gesicht, der so beliebt bei den Mädchen ist (wir profitieren alle ziemlich von ihm), sagt dauernd diese beleidigenden, widerlichen Sachen. Er lacht schallend, tut harmlos und fragt mich:

»Ist doch so, oder?«

»Weiß ich doch nicht. Wenn so was passiert, dann doch eher blonden germanischen Kids, wie dem kleinen **Kitty** da. Keinem Japaner wie mir.«

»Das glaube ich nicht. Es gibt doch viele Kerle, die auf Asiaten abfahren. Du warst doch bestimmt ein süßer Junge. Nicht, dass ich nicht süß gewesen wäre.«

»Was ist los mit dir? Bist du schwul, oder was?«

»Quatsch. Shu, du hast keine Ahnung«, sagt Takashi plötzlich und wendet sich uns zu. Er sah die ganze Zeit so aus, als würde er sich vollkommen auf das Geschehen auf dem Bildschirm konzentrieren. »So was kommt doch nicht nur in Amerika vor, Shin.«

Takashi hat Shin und mich verwirrt. Wir schauen ihn an. Takashi hat immer noch dieses Grinsen drauf und massiert sich mit der rechten Hand den Schritt seiner Jeans. Takashi ist sowieso ein unheimlicher Typ. Ich verstehe nicht, wovon er eigentlich redet. Ich will ihn auch überhaupt nicht verstehen. Takashi fährt unbekümmert fort:

»So was kann überall passieren. In Europa, in Asien, und hier genauso.«

In dem Moment, als Takashi das sagt, spüre ich wieder **die Übelkeit,** aber diesmal ist es anders, nicht wie vorhin, als ich beinahe ausgerastet bin beim Anblick des Blutes.

»Sag mal,« fängt Shin an. Seine Stimme klingt plötzlich ganz ernst. »Shu, willst du so was nicht auch mal machen?«

»Hä? An so was nur zu denken ist doch schon total pervers!«

»Und du, Takashi?«

»Lass gut sein. Erzähl weiter.«

Shin guckt hoch und wendet sich Takashi zu. Unter Shins ewig langen Wimpern, im riesigen Weiß seines Auges, pulsiert eine feine Ader.

»Tut doch nicht so. Ich hab mir das bei euch gleich gedacht.«

»Was?«

»Ihr beide stinkt doch geradezu nach **trouble**.«

Shin packt uns an den Schultern, zieht uns beide ganz nah an sich heran, so dass seine Lippen fast unsere Gesichter berühren und zischt ganz leise:

»Mich macht das total an. Guckt euch das bloß an, total abgefahren, ist doch krass, echt Wahnsinn! Was würde ich denn tun, wenn mir so was passiert?«

Ich kriege kein Wort raus, so grauenvoll finde ich das. Da ist etwas in mir, das herauszubrechen droht. Und das ist keine Kotze. Verdammt, Schweiß läuft mir die Stirn herab, obwohl die Klimaanlage die ganze Zeit auf vollen Touren läuft.

Ich spüre die fragenden Blicke der beiden, die mein Unbehagen mitbekommen. Mist, ... ich kenne dieses Gefühl doch irgendwoher.

Ich kenne dieses Gefühl doch irgendwoher?

Takashi, der immer noch dieses Scheißgrinsen drauf hat, fragt mich mit scheinheiliger Freundlichkeit:

»Shu, du findest das doch gut, dass wir mit diesem schrecklichen Perversen zu tun haben? Oder bist du vielleicht auch einer von denen? Was ist los mit dir? Spucks schon aus. Ich rieche doch, dass du was hast, rück schon raus, kriegst auch `nen Dollar.«

So was kann ich ja auf den Tod nicht ausstehen.

Also fange ich an, zu reden. Über die Dinge, die in meinem Gedächtnis verschüttet waren.

»Erinnerungen verschwinden nicht. Man muss nur den Schlüssel ins richtige Schloss stecken...«

»Shu, hör doch auf mit deiner Logik. Erzähl einfach. Dein rationales Geschwafel kann ich nicht ausstehen.«

Shin kichert vor sich hin. Nachdem mich Takashi angemacht hat, schaffe ich es irgendwie, wieder cool zu werden. Das ändert aber nichts daran, dass ich ihm am liebsten eine in die Fresse hauen würde. Ich muss schlucken und halte mich erst mal zurück.

Honey, gibt es eigentlich eine schlimmere Blasphemie?

»Ist lange her, dass ich nach Amerika kam; ich war erst vier. Ich hatte nie das Verlangen, in dieses Land zu fahren, aber ich war ganz begeistert vom Fliegen. Als wir in Minneapolis ankamen und aus dem Flugzeug stiegen, war ich hin und weg von dem Jumbo. Mir war richtig schwindelig und ich fiel fast um. Dann stiegen wir in eine Propellermaschine, die mich an ein Legoflugzeug erinnerte und landeten schließlich auf einem Flughafen, der aussah wie aus Pappmaché. **'Welcome to America'**. Ein Ort am Arsch der Welt, wo alle möglichen negativen Emotionen durch die Luft schwirrten. Mein Vater war übrigens ziemlich genervt, weil ich von Amerika überhaupt nicht beeindruckt war. Wir fuhren vom Flughafen auf den **Highway**. Da hatte ich schon die Schnauze voll von diesem bescheuerten, platten Land, durch das nur eine große Straße führte. Alles war völlig anders, als in der Miniaturgartenwelt, die ich kannte.

Nachdem wir eine halbe Stunde auf dem **Highway** waren, tauchte plötzlich hinter der platten Landschaft am Horizont ein Haufen Hochhäuser auf. Da habe ich mich wohl das erste Mal seit unserer Ankunft beeindruckt angehört. Als mein Alter meinen Aufschrei hörte, dachte er bestimmt, Amerika hätte doch endlich mein Herz erobert. Er riss seine Augen von der Straße los, drehte sich zu mir um und warf mir einen zufriedenen Blick zu. Für mich war dieser Anblick aber nichts als ein schlechtes Omen.

Unser Haus befand sich in einem schwer heruntergekommenen Viertel. Ich habe keine Ahnung, warum mein Alter ausgerechnet an so einem Ort wohnen wollte. Ich weiß nur noch, dass es eine ganz unspektakuläre Gegend am Rand einer typischen Hauptstadt des Mittleren Westens war. Als Angestellter einer großen japanischen Firma im Ausland hätte er ohne weiteres in einer viel besseren Gegend wohnen können. **Es war, als läge ein Fluch auf diesem Ort.**

Gerade mal einen Block von uns entfernt gab es dauernd Überfälle und ständig wurden Leute erschossen. Mein Vater dachte nicht mal ans Umziehen als im Dezember in einer Straße gleich bei uns um die Ecke eine Prostituierte umgebracht wurde und so lange liegen blieb, bis sie tiefgefroren war. Früher war das eigentlich mal eine luxuriöse Wohngegend. Es standen immer noch einige alte Stadtvillen herum, die bestimmt ein-, zweihundert Jahre alt waren. Doch inzwischen wohnten da ganz andere Leute. Die Gegend war praktisch zum Slum verkommen. Mein Vater war völlig vernarrt in dieses Haus im Kolonialstil, das viel zu groß war für uns drei. Heute denke ich, dass er damals bestimmt von einem Geist besessen war, der in dem Haus spukte.«

»Klasse, genau solche Geschichten finde ich gut«, fällt mir Takashi ins Wort. Ich schließe die Augen, um mich besser konzentrieren zu können, aber auch, um Takashi nicht sehen zu müssen.

...nebenan wohnten ein großer, stattlicher Mann mit blauen Augen und schwarzen Haaren und ein riesiger rothaariger Mann. Ihr Haus war auch so eine alte Villa. Sie war total heruntergekommen; den Glanz vergangener Zeiten sah man ihr überhaupt nicht mehr an. Das Haus war, verglichen mit unserem, eine echte Bruchbude. Wie diese Spukschlösser in Mangas,

könnt ihr euch das vorstellen? Eine Stadt voller Spukschlösser! Ganz in der Nähe der aus dem Boden schießenden Hochhäusern. So fing mein Leben in Amerika an. Ich war in der Welt der Horrorfilme angekommen.

Meine Mutter fürchtete sich offensichtlich vor den Leuten im Nachbarhaus. Ich glaube, dass sie von ihnen eindeutig überfordert war. Dass die beiden nicht einfach Freunde oder Verwandte waren, ist zuerst meinem Vater aufgefallen. Eigentlich ging uns das ja nichts an, aber für mich und meine Mutter waren das die ersten Schwulen, die wir je gesehen hatten. Heutzutage kratzt so was wahrscheinlich eh keinen mehr, aber, **believe me**, sie hat darüber nie ein Wort verloren. Na ja, vielleicht hat sie zu Beginn mal gemeckert, aber sie stieß bei meinem Vater und mir auf taube Ohren. Ich war noch zu klein und habe gar nicht kapiert, dass da was merkwürdig war. Mein Vater hat die ganze Sache eher ignoriert, weil ihm das alles sowieso nichts sagte. Es gab für ihn keinen Grund, über unsere Nachbarn zu tratschen. Er hat sich überhaupt nicht für sie interessiert. Tratsch kommt ja schließlich von Interesse, oder? Außerdem waren sie so was wie **white trash** und mein Vater war was Besseres. Wie hätten sie dieselbe **reality** teilen können? Wie konnte mein Vater an solchen Typen, die in seiner Welt nicht existieren, interessiert sein? Mein Alter fand es einfach nur toll in Amerika zu sein und in diesem Kolonialstilhaus zu wohnen. Was mit der **community** los war, stand für ihn ganz außer Frage. Darum hat er sich einen Dreck gekümmert. Solche Sachen hielt er ganz klar getrennt. Schließlich war er ja nicht nach Amerika gekommen, um die Völkerverständigung zu fördern. Ziemlich abgebrüht, oder? Nun, dieser Vater hatte jedenfalls für meine Mutter, egal, was sie auch sagte, nie ein offenes Ohr. Und da ich auch kein geeignetes Gegenüber war blieb ihr nichts übrig, als sich nach etwas anderem umzugucken, was sie dann auch fand. Wir wohnten zwar auf dem Land, aber noch am Rand der Hauptstadt, und dort lebten natürlich auch andere japanische Familien. Das heißt, es gab eine nicht geringe Anzahl von Leuten, die wie Mobiliar mitgeschleppt wurden, obwohl sie gar nicht nach Amerika wollten. So wie meine Mutter und ich. Dieses 'Mobiliar' traf sich ununterbrochen, nörgelte herum, schüttete sich gegenseitig das Herz aus und versuchte, den Verstand nicht zu verlieren. Meine Mutter war ganz süchtig danach. Sie war von morgens bis abends, tagein, tagaus damit beschäftigt, für einen Moment ihr eigenes armseliges Leben zu vergessen. Und natürlich bekam sie dann auch schon mal Lust, in ein **factory outlet** zum **shopping** zu fahren.

Und ich? Ich hatte überhaupt keine Meinung zu

Amerika. Mir blieb nichts anderes übrig als alles teilnahmslos über mich ergehen zu lassen. Mit der Sprache war es auch so. Nachdem mein Vater und meine Mutter immer beide ausgingen und mich meinem Schicksal überließen, lernte ich rasend schnell Englisch. Aus dem Fernsehen. TV, TV, TV. Ich hab die ganze Zeit ferngesehen. Als mich meine Mutter das erste Mal zu einem dieser Damentreffen mitnahm, habe ich einen der älteren Jungs dort geschlagen. Keine Ahnung mehr, warum. Danach hieß ich bei diesen Scheißgören nur noch 'der gefährliche Junge' und sie ignorierten mich. Meine Mutter hat gelogen und ab da so getan, als würde sie mich mit einem Babysitter zu Hause lassen, weil sie keinen schlechten Eindruck machen wollte. Warum sie nicht wirklich einen Babysitter eingestellt hatte? Man darf ihr das nicht übel nehmen. Sie sprach kein Englisch und war wirklich aufgeschmissen. Und ich habe ja auch Glück gehabt: ich hab kein Trauma zurückbehalten nach dem Motto 'was war ich für ein armes Kind und wie schrecklich haben sie mich misshandelt'. Also lasst mich in Ruhe. Sie hat mich ja als Entschuldigung für diese Vernachlässigung auch ganz schön verwöhnt. Ist wahrscheinlich überall dasselbe, oder?

Zurück zum Thema. Wieso ich mir die Sprache, dieses **communication tool**, aneignen wollte? Weil ich endlich raus wollte. Sowohl psychisch als auch physisch. Ich bin zwar manchmal chaotisch, aber ich wusste schon immer genau, was ich wollte. Und konnte mich auch ganz gut durchsetzen, wenn auch manchmal nur auf Umwegen. Damals konnte ich mir natürlich noch nicht solche Gedanken darüber machen wie heute. Wenigstens die Welt, die ich von unserem Balkon im zweiten Stock sehen konnte, bestand aus etwas, das ich kannte: aus Asphalt. Aber die Leute, die dort auf ihren Rädern oder Skateboards rumturnten (da wusste ich noch nicht mal, wie die Dinger hießen) und mich da oben keines Blickes würdigten, die waren mir völlig fremd. Ich betete sie an.

Unter meinen **street heroes** war auch der schwarzhaarige Mann, einer unserer beiden Nachbarn.

Ich will euch erzählen, was für einen Eindruck die zwei Männer von nebenan auf mich machten: der Rothaarige hatte ein bisschen viel Fleisch auf den Knochen, man kann es auch **overweighted** nennen. Aber er war tierisch groß. Er war bestimmt mindestens einsneunzig. Weil ich damals so klein war, kam er mir noch riesiger vor. Seine Haut war so weiß, dass die Adern durchschimmerten, und obwohl er so kräftig war, wirkte er irgendwie ungesund. Er war ein etwas trotteliger, umgänglicher Typ. Wenn ich ihn zufällig vor dem Haus oder irgendwo anders traf, lud er mich jedesmal ein, ›Komm doch mal vorbei‹. Sein Äußeres war nicht besonders vorteilhaft: ein komisches Gesicht mit Knollennase und tiefen, irgendwie stechenden Augen, dazu die wilden zerzausten roten Haare. Er tat zwar immer freundlich, aber er war mir unheimlich. Jedes Mal, wenn er mich sah, sagte er, ›Komm uns doch mal besuchen. Ich habe auch was Süßes für dich...‹, oder so.

Seine Augen machten mir Angst. Der Hauptgrund dafür war, dass ich blöderweise eines Tages gesehen habe, wie er sich einen runterholte.

Nachdem meine Eltern mich im Stich gelassen hatten – hm, das klingt, als würde ich es ihnen übel nehmen – wie auch immer, seitdem hatte ich es mir zur Gewohnheit gemacht, das Haus nebenan auszuspionieren. Meine ganze Welt bestand nur daraus, Gratiswissen aus dem TV zu absorbieren oder die Typen von nebenan abzuchecken. Eines Tages, als ich mal wieder auf Knien an der Wand entlang zum Fenster robbte und rausspähte, sah ich im Zimmer gegenüber den rothaarigen Mann. Er wälzte sich auf dem Bett hin und her. Was schrecklich, was wirklich grauenvoll war: er bemerkte mich. Er leckte seine Lippen und wandte seinen Körper zu mir herum. Aus der Spitze seines Penis schoss eine weiße Flamme hervor. Mein ganzer Körper brannte. Seine Augen waren so rot wie

seine Zunge. Dieser Anblick war für mich ein Horror. Ich war noch so jung, dass ich nicht mal wusste, was Onanie ist. Er hat bestimmt zu mir rüber geguckt, während er an seinem Schwanz rumfummelte, hat ab und zu hoch geschielt in meine Augen, während ich dachte, ich wäre unsichtbar hinter der Gardine. Seit jenem Tag glaubte ich, er sei der Teufel persönlich. Jedes Mal, wenn ich ihn sah, verstärkte sich dieses ungute Gefühl und ich glaubte, eines Tages würde er mich ins Unglück stürzen.

»Shu?« Shin schaut mir forschend ins Gesicht. »Alles in Ordnung?«

Ich bin schon wieder von öligem Schweiß bedeckt und merke die Anspannung in meinem Gesicht, besonders in den Wangen.

»Hm« antworte ich halbherzig.

Auf einmal dringt ein markerschütternder Schrei an mein Ohr. Ich kapiere plötzlich, dass es das **Kitty** ist, das da so schreit. Es hat bestimmt die ganze Zeit so gebrüllt, aber ich habe nichts gehört. Ich gucke rüber und sehe, wie Takashis Alter fast in den Fernseher reinkriecht und Satoru voller Hingabe an seiner Speedpfeife zieht. Beide sehen nicht her.

»Zu sterben, während man zuguckt, wie einem der eigene Darm rausgezogen wird, ist doch das allerletzte«, sagt

Takashi. Er summt vor sich hin und wirft einen Blick auf den Fernseher. »DEAD MEAT von Pussy Galore passt wie die Faust aufs Auge, findet ihr nicht?«

Daraufhin sieht Shin erleichtert aus und fragt mich dann: »Du bist ganz blass. Hast du einen **flash back**?«

»Ist schon okay. Ist ja auch schon ewig her.«

Takashi dreht sich um zu mir und schaut nur gelangweilt: »Spar dir die Details. Los, erzähl weiter.«

Dieses Mal bin ich ganz bei der Sache. Ich starre ihn böse an und tue ihm den Gefallen.

»Okay. Endlich fällt mir wieder ein, was eigentlich passiert ist.«

Ich erzähle weiter. Und merke, wie mich die Vergangenheit verschluckt. Als ob man in ein Wasserbett springt. Die Vergangenheit ist zwar eine elastische Angelegenheit, aber sie wiederholt sich niemals. Darum kann man die alten Geschichten auch ruhig wieder rausholen.

Der schwarzhaarige Mann jedoch war das Objekt meiner Verehrung. Er war zwar genauso blass wie sein Kumpel, aber sehr muskulös, und mit seinen wilden Locken, dem Kinnbärtchen und seinen blauen Augen sah er einfach supercool aus.

Der Rothaarige hockte fast immer zu Hause. Nur manchmal fuhr er mit dem Wagen weg und kam dann wieder zurück. Kein einziges Mal hab ich ihn mit dem Schwarzhaarigen und dessen Kumpels draußen auf der Straße gesehen. Ich habe sie bloß beobachtet, hinter dem Vorhang, oder vom Balkon aus. Ich habe mich immer versteckt. Ich dachte, es wäre mein Ende, wenn sie mich sehen. Ich war ja **shy**. Oft klebte ich Stunden um Stunden am Fenster und sah den Jungs beim Skateboarden zu. Wenn der Mann mit den schwarzen Haaren in der Mitte der Straße seine **ollies** machte, wenn sein T-Shirt ihm vor lauter Schweiß am Körper klebte, wie er genervt die Haare, die ihm ins Gesicht hingen, mit den Fingern aus seiner Stirn hochkämmte, ich weiß auch nicht warum, ich fand einfach alles perfekt. Ich selber tat fast gar nichts außer weiterhin darauf zu warten, dass ich endlich Englisch lernte.

Auf diese Weise verstrichen neun Monate. Ich feierte meinen fünften Geburtstag. Damals träumte ich schon auf Englisch. Mein allersehnlichster Wunsch hatte sich erfüllt, ich hatte ein Skateboard bekommen! Das war für mich irre wichtig. Denn dadurch hatte ich endlich einen Grund, rauszugehen. Das war mein persönlicher **Independance Day**. In unserem **backyard** auf den paar Metern Beton stieg ich das erste Mal auf das Board – Ich war frustriert, weil ich die Balance nicht halten konnte, aber das war eindeutig der Höhepunkt meines Lebens. Ich glaube, dass ich nie wieder so begeistert sein werde von so ein bisschen **action**. Denn dieses klare Gefühl, 'darauf kann ich abfahren!!', das hatte ich seitdem nie wieder. Der Mann mit den schwarzen

Haaren würdigte mich leider keines Blickes. Dann geschah folgendes: seit ich öfter draußen rumhing, begannen die Kids in der Umgebung, mich zu akzeptieren, sie ließen mich auch auf meinem Skateboard dort herumeiern. Manchmal erbarmte sich sogar mal jemand und zeigte mir ein paar Tricks. Ich war dann begierig zu lernen, wie man sich am coolsten benimmt, am coolsten redet. Trotzdem sprach mich der schwarzhaarige Mann niemals an, sondern starrte nur böse und wich dann schnell meinem Blick aus. Das verletzte mich und ich zerbrach mir den Kopf, wie ich seine Aufmerksamkeit auf mich lenken könnte. Jedes Mal, wenn er mich wieder mal ignoriert hatte, fing ich fast an zu heulen. Meine Nase fing an zu kribbeln und mir wurde immer heißer. Ich weiß noch genau, wie ich mich fühlte. Auch wenn ich kaum noch Luft bekam, vor lauter Tränen die Umgebung verschwamm, ich seine Silhouette nur noch undeutlich erkannte, konnte ich meinen Blick nicht von ihm wenden. Er war dünn, aber sehr muskulös und trug ein schwarzes T-Shirt und an den Knien abgeschnittene Jeans. Seine Haare fielen ihm hinten auf die Schultern. Eine einzige Mähne, als hätte er vergessen, sie zu schneiden. Sein Mund, von einem Dreitagebart umrahmt, lächelte mich niemals an. Nur seine Augen, diese ungeheuer blauen Augen, die waren nicht abweisend; wenigstens kam es mir so vor. Eines Tages überlegte ich mir, wie ich es schaffen könnte, ihm näher zu kommen. Auch wenn mich der Gedanke so gruselte, dass ich mich hätte übergeben können, ich wusste, dass der Rothaarige mich mit offenen Armen empfangen würde. Darum passte ich eine Zeit ab, zu der sie beide zu Hause waren, ging rüber und klopfte an ihre Tür. Wahnsinn – ich war noch so klein, aber ich wollte mich unbedingt bei ihm einschmeicheln: **ich wollte sein Freund werden.**

Ich klopfte und der Mann mit den schwarzen Haaren machte auf. Mein Herz schlug wie verrückt; ich dachte, es würde zerspringen. Er war wohl auch ziemlich erschrocken, denn wir beide standen eine Weile wie bescheuert auf der Veranda rum. Da erschien hinter dem Schwarzhaarigen der rothaarige Mann und fragte so was wie: »Was ist denn?« Ob er mich gesehen hatte? Ich weiß nicht. Aber ich spürte, wie er grinsend immer näher kam. Da sagte ich schnell: »Wollen wir Freunde werden?« Da brüllte der Schwarzhaarige mich plötzlich an: »Verschwinde, du dreckiger Japse, du hast hier nichts zu suchen!!« Völlig schockiert ging ich nach Hause. Ich hab den ganzen Tag heulend im Bett verbracht und ging danach drei Tage nicht vor die Tür.

Vielleicht war ich in ihn verknallt. Ich brachte ihm sicher auch irgendwelche diffusen sexuellen Gefühle entgegen. Ich war noch zu klein und mir war noch nicht mal der Unterschied zwischen Männern und Frauen so richtig bewusst. Mir wurde immer ganz komisch zumute, wenn ich ihn nur auf der Straße mit dem Skateboard **ollies** machen sah. Hätte er mich nur eines Blickes gewürdigt, hätte ich vor lauter Entzücken nicht gewusst, wohin mit mir. Glaubt ihr das? In dem Alter sind Frauen noch völlig uninteressant. Cool sein war die **priority number one**. Männer sind stärker als die Frauen, die ich im Fernsehen sah oder die Mädchen an der Kasse im Supermarkt, darum fand ich auch, dass sie viel cooler sind und viel besser aussehen.

Ich glaube, es war kurz darauf, einige Tage später. Ohne Unterlass spionierte ich das Haus nebenan aus, obwohl ich noch immer vor mich hin heulte. Nach wie vor waren oft weder mein Vater noch meine Mutter zu Hause. Weil ich Angst hatte, in das Schlafzimmerfenster zu gucken, konzentrierte ich mich auf die Garage der Nachbarn. Dadurch wusste ich, ob sie zu Hause waren oder nicht, und wer mit wem ausging. Es war mittags, gegen zwei Uhr oder so, als der Rothaarige in den Wagen stieg und wegfuhr. Nach ungefähr einer halben Stunde kam der Schwarzhaarige raus und machte ein paar Tricks auf seinem Skateboard. Außer ihm war niemand sonst auf der Straße. Ich erinnere mich nicht mehr, was ich vorhatte, aber ich griff mir schnell mein Board und ging raus.

Auf der Straße war keine Menschenseele. Nur er und ich. Ich wusste nicht, ob er mich bewusst ignorierte. Zuerst fuhr er auf dem Skateboard, ohne ein einziges Mal zu mir rüberzusehen. Ich wollte genauso cool sein und fuhr, ohne ein Wort zu sagen. Aber ich weiß noch, wie seine Anwesenheit mich geradezu körperlich packte. Jede Faser meines

Körpers wollte hinüber sehen zu ihm.

Nach einer Weile habe ich einen ziemlich üblen Sturz gebaut. Ich dachte schon, ich hätte mir den Schädel gespalten.

Tatsache war, dass ich absichtlich so hingefallen bin. Das war meine Strategie, um seine **attention** auf mich zu ziehen. Wenn ich daran denke, läufts mir kalt über den Rücken. Was Kinder sich in den Kopf gesetzt haben, dafür tun sie einfach alles. Ich war damals genauso. **Ich wollte ihm unbedingt näher kommen, egal wie.**

Mir wurde schwarz vor Augen, und ich ließ mich erst mal auf die Bordsteinkante plumpsen. Dann sprach der Mann mich tatsächlich an. Er sagte:

»**Hey Kid, you okay?**« oder so was ähnliches.

Ich kam fast um vor Glück. Ich freute mich darüber, dass es geklappt hat. Gleichzeitig war ich glücklich, dass er sich um mich sorgte. Der Schmerz war mit einem Schlag vergessen.

Der Mann kam näher und hockte sich neben mich. Er holte Zigaretten aus seiner Hosentasche und zündete sich eine an. Ich wartete darauf, was er als nächstes sagen würde und drehte mich zu ihm, doch er guckte nur in den Himmel. Mir blieb nichts übrig als auch in den Himmel zu schauen. Plötzlich sagte er:

»Geh lieber nicht mehr raus.«

Ich erschrak und wandte mich ihm zu. Seine Augen waren so blau und sahen ganz traurig aus. Dann sagte er mit trauriger Stimme:

»Ich kann ihn nicht mehr zurückhalten.«

Ich kapierte nicht, wovon er redete. Aber allein durch die Tatsache, dass er überhaupt mit mir sprach, war ich schon ganz aufgeregt.

»Ich will dein Freund werden«, sagte ich endlich zu ihm. Was er zu mir gesagt hatte ignorierte ich einfach. Als er das hörte, sah er noch trauriger aus. Dann streichelte er mir langsam über den Kopf.

»Du bist bestimmt ein guter Junge.« Ich war hingerissen von seiner Berührung. »Aber weißt du, ich kann ihn nicht mehr zurückhalten. Er ist total verrückt geworden.« Ich hatte immer noch keine blassen Schimmer, wovon er redete. Ich genoss es einfach nur, von ihm gestreichelt zu werden. »Wahrscheinlich bin ich auch verrückt. Schließlich schaffe ich es nicht, etwas dagegen zu unternehmen. Ich schaue bloß zu – da kann man ja nicht bei Verstand bleiben.« Ich schloss die Augen, lehnte mich an ihn und er nahm mich in seine Arme. »Hör zu – du darfst ihm auf keinen Fall in die Augen gucken. Es gibt nämlich nur einen Grund, warum er dir nichts antut: du wohnst nebenan und das ist zu nah dran. Nur deshalb. Aber in einigen Jahren, wenn du so zwölf oder dreizehn bist, wer weiß, ob er sich dadurch dann noch von **trouble** abhalten lässt. Er wird das dann einfach ignorieren, denn er wird von Tag zu Tag abgedrehter und verrückter.«

Ich hob den Kopf.

»Wer ist ... 'er'?«

»Na, Richie. Der Typ, mit dem ich zusammen wohne...«

»Ach so.«

»Hör gut zu. Du musst uns ab jetzt in Ruhe lassen! Ich will dich nämlich nicht umbringen.«

Es war ein strahlend blauer Himmel an jenem Tag. Ich konnte damals weder seinen traurigen Blick noch die Bedeutung seiner Worte verstehen.

Shin sagt, ohne den Blick vom Fernseher abzuwenden:

»Shu, wie geht die Geschichte weiter?«

Jetzt erst merke ich, dass ich eine ganze Weile geschwiegen haben muss. Man muss versuchen, die Vergangenheit ganz objektiv zu betrachten. Je mehr man in die Erinnerung eintaucht, desto schwieriger ist es, darüber zu reden. Das Sprechen wird immer sinnloser. Am besten bringe ich es schnell zu Ende.

»Ist ja schon gut. Na, das Ende der Geschichte ist, dass beide total perverse Kerle waren, besonders der Rothaarige. Sie haben in der Stadt niedliche Kids entführt und umgebracht.«

Takashi und Shin drehen sich gleichzeitig zu mir um. Ist es wirklich nur Neugierde in ihren Gesichtern?

»Echt mal? Ist ja krass.«

»Ha ha. Ist ja irre, **psycho killer** als Nachbarn.«

»Wieviele Kids umgebracht wurden? Vielleicht sieben oder acht oder so. Vielleicht auch mehr. Es kam in den Nachrichten. Das Fernsehen war auch da. Vor unserem Haus waren ganz viele Kameraleute und Journalisten. Mein Vater und meine Mutter waren völlig fertig mit den Nerven und fünf Tage später sind wir umgezogen. Auf einmal ging das dann ganz schnell.«

»Und die beiden Männer? Was war mit denen?«

»Die waren typische perverse **killer, psycho sex killer.** Sie haben nur Kinder ermordet, manche davon waren **junior high school** Kids, die sie mit Drogen eingefangen haben.«

Richtig, ich glaube, damals waren unter den Opfern auch jüngere, ungefähr so alt wie **dieser Junge,** der gerade auf dem Bildschirm umgebracht wird. Kinder in ungefähr dem gleichen Alter, die genauso schrecklich ermordet wurden, wie dieser Junge hier.

›Sei vorsichtig‹, hatte der Mann damals zu mir gesagt. Er wollte mich nicht umbringen. Eines Morgens, ich weiß nicht mehr genau, wie lange danach, wurde ich von irgendeinem Lärm wach. Als ich zum Fenster guckte, war alles schneeweiß. Draußen war dichter Nebel.

Das **Kitty** ist inzwischen zersägt. Als ich aufhöre zu reden und wieder auf den Bildschirm gucke, wenden sich Takashi und Shin, die mich die ganze Zeit angeguckt haben, **diesem Jungen** zu. Satoru starrt geistesabwesend vor sich hin. Ich sehe ihn im Profil. Aus seinem Mund läuft ein Faden Spucke und leuchtet vor dem bläulichen Licht der Mattscheibe. Takashis Vater sitzt auch da wie festgenagelt. Dem Jungen wird gerade das rechte Bein mit der Motorsäge abgesägt. Der Schwarze versucht dabei, seinen Faust in den Arsch des Kleinen zu stecken. Der Kameramann legt die Kamera ab.

Shin murmelt halb lachend:

»Der Kameramann will auch mal ran.«

Der Kameramann saugt am schlaffen Penis des Jungen, nachdem er ganz professionell dafür gesorgt hat, dass die Szene im Bild der Kamera bleibt! Wir sind natürlich auch alle völlig gebannt von dem Jungen. Takashis Alter, Satoru und Shin reiben sich selbstvergessen alle voller Konzentration ihr Ding. Es sieht aus, als würden sie beten.

Takashi flüstert mir zu:

»Der Kleine ist jetzt schon tot. Aber wenn du denkst, dass er ein Toter geworden ist, ein lebloses OBJEKT, das mal ein Junge war, liegst du falsch.«

An jenem Morgen, als ich von dem Lärm aufwachte und aus dem Fenster guckte, war draußen alles schneeweiß. Ich dachte schon, die Luft hätte sich in einer chemischen Reaktion in Flüssigkeit verwandelt. Ich hatte Angst, ans Fenster zu gehen, weil ich dachte, wenn die schwere Luft jetzt das Glas zerbricht, würde ich ertrinken. Aber draußen hörte ich die Stimmen vieler Menschen, Autos und Sirenen. Ich griff mir mein Skateboard, das ich zum Surfboard machen konnte, falls das Wasser hereinbrechen sollte, und trat ans Fenster.

Draußen war alles schneeweiß, doch durch den Nebel sah ich blaue und rote Lichter und viele Menschen hin- und herlaufen. Ich beschloss, auf die Veranda zu gehen. Es kam kein Wasser herein, als ich das Fenster öffnete, aber die Luft war schwer und Feuchtigkeit kroch ins Zimmer. Von der Veranda aus konnte man deutlich sehen, was unten geschah. Polizisten, Leute mit riesigen Kameras, Leute, die in diese Kameras hineinredeten, Blitzlichter von Fotoapparaten. Das Haus nebenan war mit einer Art Band abgeriegelt und viele Polizisten gingen ein und aus. Plötzlich merkte ich, dass meine Eltern ins Zimmer gekommen waren. Sie sagten keinen Ton. Versteinert starrten sie hinunter. Meine Mutter nahm mich in die Arme. Ich schnupperte kurz ihren vertrauten Geruch, dann schob ich sie sachte weg und guckte weiter, was nebenan los war.

Ich hörte einen Aufruhr. Ein Blitzlichtgewitter. Die Blitze tauchten die vordere Tür des Nachbarhauses in gleißendes Licht.

Der Schwarzhaarige kam heraus, begleitet von zwei Männern. Da verstand ich, dass ich ihn niemals wiedersehen würde. Ich wünschte mir so sehr, dass er zu mir herguckt. Ich hätte alles für ihn getan, alles was er sich gewünscht hätte: ihn angelächelt, angespuckt, was auch immer. Aber er hob kein einziges Mal seinen Kopf. Ohne hoch zu schauen stieg er in ein Auto.

Dann kam der andere raus. Er war von fünf bis sechs Polizisten umringt. Der Unglücksbote, der böse Mann, der Teufel. Er lief ganz schief und lehnte sich an den Polizisten, der ihn festhielt, aber er hob seinen Kopf hoch. Ich konnte sehen, dass er ein bisschen lachte. Bei seinen Anblick bekam ich fürchterliche Angst. Ich betete, dass er bloß nicht hersieht, dass er mich nicht bemerkt. Er steckte mitten im Gewühl und wurde zum Auto bugsiert. Ich seufzte erleichtert auf. Und da – als wäre dies ein Signal für ihn gewesen – guckte er mich an. Seine Augen waren leuchtend rot. Ich fand, dass sie wie Schlangenaugen aussahen. Ich hatte noch nie so abscheuliche Augen gesehen. Er ließ sie rot aufleuchten und zwinkerte mit einem Auge. Er zwinkerte mir zu. Ich bin mir ganz sicher.

Dann öffnete er den Mund einen Spalt weit und streckte seine Zunge raus. Er hatte eine feuerrote gespaltene Zunge.

Der Schlangenmann.

Ich kriege Kopfschmerzen.

03 God
Loves His Children

In the end,
He's dead.
And this is THE END

Unser **Kitty** ist in seine Teile zersägt. Lauter kleine Teile, komplett zerlegt. Selbst seine Finger sind alle abgeschnitten. Warte mal – kann man ihn wirklich nicht mehr zusammensetzen? Richtig, er wird nie wieder sein wie vorher. Es riecht scharf nach Sperma. Auf dem Bildschirm bleibt das Standbild des Abspanns. 'Am Ende ist er tot, dies ist wirklich das Ende.' Die Buchstaben waren offensichtlich mit einem PC eingegeben. **Real home movie camera made.** Nach dreißig Sekunden spult sich die Kassette automatisch zurück. In meinem Kopf hallt nur dieses **rewind**-Geräusch wieder. Es kann nicht mehr rückgängig gemacht werden. Ich denke daran, dass auch ich nie mehr so sein werde wie früher. Aber warum spult sich dann die Kassette zurück? Die Kinder, die dieser Mann umgebracht hat, sind doch noch in seinem Keller und können auch nie mehr zurückkommen. Ich versteh das nicht. ??? Die Videokassette spult sich einfach wieder zurück. Genau wie meine verschütteten Erinnerungen. Aber das **Kitty**, das auf dem Video zu sehen ist, das...

Mir ist kotzübel. Ich öffne das Fenster. Vom Asphalt

steigt drückende Luft auf die Veranda und schlingt sich wie eine Schlange um mich. Grelles weißes Licht wabert um mich und nimmt mir die Sicht. Dieses Weiß, ist das nicht der schwere Milchnebel an jenem Morgen? Bin ich vielleicht immer noch in Amerika? Im Keller des Mannes mit den roten Augen gefesselt, schluchzend, von seinen Zähnen in kleine Stücke gerissen, vergessen. Was ich damals gesehen hatte war **mein eigener Leichnam,** mein Körper, der aus ihrem Haus getragen wurde. Und der Teufel mit den roten Haaren, der mich getötet hatte, **zwinkerte mir,** zwinkerte meiner Leiche zu. Dabei züngelte er mit seiner feuerroten Schlangenzunge. Ich schaute vom zweiten Stock unseres Hauses auf die vielen Reporter und Kameraleute herab, die unten herumlärmten. Sie waren gekommen, um meine Leiche zu sehen. Den Mann, der mich umgebracht hatte und den Mann, der mich nicht hatte retten können. War es wirklich so? Habe ich das richtig gesehen?? **Der Mann, der mich nicht retten konnte,** ist einfach vorbei gegangen, ohne ein einziges Mal zu mir hoch zu gucken. So geht er endlos in Ewigkeit weg von meiner Leiche. Plötzlich habe ich Ohrensausen. Weil ich in eine Zeitmaschine eingestiegen bin. Das ist meine Vergangenheit, die ich vergessen hatte und an die ich mich auch gar nicht erinnern will, glaube ich. Es war keine gute Idee, darüber zu reden.

»Hätte ich... bloß nichts gesa...«

»Da hast du ja Glück gehabt, Shu, dass du das nicht warst.«

Plötzlich werde ich wieder in die reale Welt zurückgerufen. Das ist Takashis Stimme. Er lehnt am Fenster, das auf die Veranda hinausguckt, und streckt neben mir seinen Kopf raus. Er hat mich ganz plötzlich zurückgerufen, als hätte er übernatürliche Kräfte. Als hätte er alles gewusst, meine Gedanken gelesen und den Fluch meiner Vergangenheit erkannt. Seine Worte wirken sofort. Ein wirksamer Gegenzauber. Der penetrante Geruch von Sperma. Das gibt es auch in mir. Versteckt in meinem Körper. Der Gestank eines Ungeheuers. Takashi guckt mir prüfend in die Augen. Um seinen Mund spielt ein dünnes Lächeln. Er fährt fort:

»Du bist nicht umgebracht worden.«

Da merke ich, dass ich nicht mehr zu den 'Gejagten' gehöre. Und dass ich schon stark genug bin, selbst ein 'Jäger' zu sein.

»Mir kann nichts mehr passieren«, murmele ich, wie von Takashis Blick hypnotisiert.

»Genau. Dass du dich an die Geschichte jetzt erinnern kannst, ist der Beweis. Du bist nicht mehr so schwach, dass dich dieser Alptraum verschlingen kann.«

»Du bist jetzt kein Opfer mehr, sondern ein Täter. Du hast das nämlich überlebt.«

04 The Comfort Of Being Sad

Wir sind, wie so oft, auf der **ramp** im Park am Meer.

Und wie immer rauchen Shin und Satoru **weed** und quatschen über alles Mögliche. Über Frauen und Klamotten und so weiter. Auf Satorus Ghettoblaster läuft Rap von 2PAC. Ich halte mich aus dem Gespräch der beiden raus und schaue nur zu, wie Takashi oben auf der **ramp** seine **turns** dreht. Obwohl es Frühling ist, ist der Wind vom Meer abends unangenehm kalt und kühlt meinen verschwitzten Körper superschnell ab. Kirschbäume, die wie magische Zirkel um den Park herum stehen, verstreuen wenige letzte Blütenblätter im Seewind. Jedes Mal, wenn ich Kirschblüten sehe, wird mir schlagartig klar, dass ich noch in Japan bin. Ich verstehe Japan nicht wirklich, aber Kirschblüten mag ich gerne. Vielleicht reagiere ich auf dieses Stereotyp so, weil ich selber noch gar keine richtige **Japan experience** habe – wie sagt man? – weil ich noch keine echten Erfahrungen sammeln konnte. Fühle ich mich etwa nach L.A. versetzt, wenn ich Palmen sehe? Wohl kaum!

Takashi springt über den Rand der **ramp**, macht einen **turn** und kommt zurück. Jedes Mal, wenn er hochkommt, schwebt einen Moment lang sein Grinsen vor mir. Aber vielleicht kommt es mir nur wie ein Grinsen vor, weil sein Gesicht so angespannt ist. Takashi jagt die **ramp** hoch und runter. Auch wenn ich versuche, es zu vergessen, immer wieder hallt das Donnern der Räder in meinem Kopf wieder. Ich schließe die Augen und höre dieses immer wiederkehrende Geräusch. Normalerweise klingt das für mich wie Musik, das ist einfach Ambiente. Nur Takashi klingt anders. Ich hasse seinen **sound**. Weil er mir Angst macht. Wenn ich die Augen zumache, ist diese Unsicherheit da, und ich kriege totalen Schiss. Dieser **sound** wird zu einem Ohrensausen und verfolgt mich. Mir kommen grauenvolle Erinnerungen hoch. Das Geräusch erinnert mich an eine Uhr mit kaputtem Pendel. Wie das Pendel aus einer Gruselgeschichte, die ich als Kind mal gehört habe. Mein Trauma.

Satoru hat mir mal eine Bemerkung zugeflüstert über Takashis Art, Skateboard zu fahren:

»Du, wie Takashi skatet, das ist doch nicht normal.«

Skateboarden ist ein **life style**. Oder anders gesagt, wird dein **life style** vom Skaten bestimmt. Beim Skateboarden zeigt sich dein wahrer Charakter; alle wichtigen Dinge ordnen sich dem unter. Darum kann man das auch nicht ewig machen. Wenn man irgendetwas anderes findet, was man gerne machen will, klappt das nie, weil man nicht gleichzeitig Skateboarden und etwas anderes tun kann, und dann hört man meist wieder auf zu skaten. Darum sagen so viele immer: 'ich bin früher mal Skateboard gefahren'. Ich glaube, zur Zeit sind die Skateboarder eine **minority**. Ich kenn mich da nicht so aus, aber DJ sein ist bestimmt viel cooler. Das kommt auch bei den Frauen besser an. Auch in Amerika sind es nur noch wenig echte Skateboarder.

Wir vier skaten alle immer noch. Schon seit wir klein sind. Ich weiß nicht, wie es bei den anderen ist, aber für mich ist Skateboarden nicht unbedingt **the best thing to do**. Ich hab bloß nichts Besseres zu tun. Ich glaube, früher bin ich mehr darauf abgefahren, es hat mir auch wirklich viel gebracht. Zum Beispiel findet man jedesmal sofort Freunde, wenn man in eine neue Gegend zieht. Es ist immer **the same old story**, auch wir vier sind durchs Skaten zusammen gekommen. Man kann eigentlich nicht behaupten, wir wären zusammen, weil wir uns so toll verstehen. Hauptsache, man findet jemanden, der auch auf Skateboarden abfährt. Ein einziger Skater-Kumpel reicht schon. Ich hab zwar keine Definition für Freundschaft parat, aber eins ist sicher: diese vier sind bestimmt nicht meine **best friends**. Besonders Takashi kann ich nicht ausstehn. Ich reagiere allergisch auf ihn. Ich bin nämlich eher ein rationaler Typ. Warum ich trotzdem mit ihm abhänge? Erstens ist es mir egal, mit wem ich befreundet bin, zweitens lassen mir seine Macken irgendwie keine Ruhe.

Satoru hat Recht. Takashis Art zu skaten ist schon abartig. So brutal. Es interessiert ihn nicht, ob er sich dabei den Kopf oder die Knie aufschlägt. Wenn man zusieht, wie er die **ramp** hoch- und runterrast und seine **turns** macht, hat man fast den Eindruck, er würde dem Beton wehtun und nicht umgekehrt. Sein Körper fliegt über den Rand der **ramp**, er macht seinen **turn** in der Luft. Takashi fährt ziemlich gut. Er ist nicht nur der Beste von uns vieren, sondern **top class** in der ganzen Gegend. Als mal ein Plattenlabel für die Gegend um Tokio einen Wettbewerb veranstaltete, hat er ziemlich gut abgeschnitten. Man muss schon sagen, dass er `ne tolle Technik drauf hat, aber es sieht eher so aus, als ob er mit Gewalt den Raum verzerrt um Platz für sich und sein Board zu machen; also elegant ist was anderes. Ich habe noch keinen gesehen, der so **rough** fährt. Wie ein blutrünstiges Tier. Viele versuchen so zu fahren wie Takashi. Aber ich hasse seinen Skatestil.

Savage.

Er springt in die Luft, als wolle er den Raum verbiegen. Er schleudert sein Board auf den Boden, will den Augenblick beherrschen (wie ein Sadist). Mir läuft es kalt über den Rücken dabei. Es ist nicht nur dieser Lärm, seine ganze Art zu Skaten ruft bei mir grausige Erinnerungen hervor. Ich mache die Augen wieder zu und höre auf das Hin- und Herrollen seines Boards. Verunsichert fühle ich, wie mir der kalte Schweiß ausbricht. Ich erinnere mich daran, dass ich mal ein **Gejagter** war. Schweiß läuft mir den Rücken runter. Diese Gruselgeschichte aus meiner Kinderzeit fängt so an: jemand hat mich in einen Keller gebracht. Dort ist ein Kind an ein Holzbett gefesselt. Über ihm schwingt ein messerscharfes Pendel hin und her. Es sieht aus, als würde das Kind gleich in feine Scheiben geschnitten. Aber bei genauem Hinsehen merkt man, dass das Pendel einen bestimmten Abstand einhält. Es schwingt hin und her, ohne das Kind zu zerschneiden, immer wieder. Das Kind ist vor Entsetzen schlagartig gealtert, seine Haare sind schneeweiß, das Gesicht ist voller Falten. Wie eine verschrumpelte Leiche, ewig dem Entsetzen ausgeliefert. Das Pendel zerschneidet die Luft. Bis in die Ewigkeit.

Als ich klein war, stellte ich mir immer die glänzend scharfe Schneide des Pendels oder die feinen Falten um den verzerrten Mund des Kindes bis ins kleinste Detail vor. Es machte mir zwar schreckliche Angst, aber Tatsache ist, dass ich es genoss, mir alles genau vorzustellen und mich dabei zu gruseln. Ich mochte ja auch Gespenstergeschichten, obwohl ich mich vor Geistern fürchtete. So wie ein Kind, das Schlangen eklig findet, aber im Zoo jedesmal unbedingt ins Reptilienhaus will.

Dieses sich ständig wiederholende Geräusch verfolgt mich. Es jagt mich. Aber mir fällt ein, dass ich ja nun nicht mehr auf der Seite der Gejagten bin und so öffne ich langsam wieder die Augen. Seit dem Tag, als wir das Video geguckt haben und ich meine Geschichte erzählt habe, vermeide ich es, mit Takashi alleine zu sein.

Das Geräusch hört auf. Takashi zieht sein schweißgetränktes T-Shirt aus und hockt sich neben mich hin.

»Yo, gib mir mal meine Tasche rüber.«

Ich strecke mich, um seinen Rucksack zu holen und gebe ihn rüber zu ihm. Er holt eine Flasche **Seven Up** raus und trinkt daraus in großen Zügen. Als er meinen Blick bemerkt, nimmt er die Flasche vom Mund.

»Ich habe dich noch nie was anderes als diesen **junk** trinken sehen.«

»Hm«

Takashi lacht verächtlich. Ich fühlte mich etwas angemacht, ich habe aber keinen Bock, mich weiter mit ihm zu unterhalten. Weil ich Angst habe, mit ihm über dieses Thema zu reden. Ich weiß nicht, wieso Takashi neulich zu mir gesagt hat: **›Du bist jetzt kein Opfer mehr, sondern ein Täter. Du hast das nämlich überlebt.‹** Diese Worte lassen mich nicht los. Ich mache den Ghettoblaster lauter. Dann hole ich **weed** aus der Tasche und rolle mir eine Tüte. Aus dem Ghettoblaster ertönt die beknackt fröhliche Stimme von EMINEM: »**HI KIDS! DO YOU LIKE VIOLENCE?**« fragt er. Takashi stimmt in das Lied ein. »**YEAH YEAH**« ruft er. Ich sage nichts, drehe nur eins der abgefallenen Kirschblütenblätter mit in den Joint.

»Hier.«

Ich ziehe einmal am Joint und reiche ihn Takashi rüber.

Takashi sagt:

»Der Rauch ist rosa.«

Ich finde das nicht besonders lustig aber ich lache ein bisschen. Vielleicht kommt das vom **weed**. Davon muss ich dauernd grinsen. Takashi nimmt einen Zug und trommelt dabei mit den Fingern auf den Rollen seines Skateboards rum. Dabei sehe ich ihn wieder vor mir auf dem Skateboard. Es läuft mir kalt über den Rücken.

»Deine...«

»Hä?«

»Deine Art zu skaten, das ist nicht normal.«

Takashis sieht allen Ernstes erfreut aus und lacht aus vollem Hals.

»Echt mal?«

Es ist komisch, Takashi so ganz normal lachen zu sehen. So kenne ich ihn gar nicht. Sein Lachen wirkt nämlich sonst immer sarkastisch oder verächtlich. Wie soll ich jetzt reagieren? Eigentlich wollte ich das gar nicht sagen. Es sollte auch gar kein Kompliment sein. Ist mir einfach nur so rausgerutscht.

»Weißt du, Shu, du liegst da schon ganz richtig.«

Ich schaffe es einfach nicht, zu antworten: 'Nö, das sagen doch alle über dich. Du bist nicht normal'. Und es kommt mir auch viel zu vertraulich vor. Anstatt dessen sage ich nur:

»Dein **style** ist eben anders als meiner.«

Da lacht er wieder so sorglos (igitt!) und schaut mich

lauernd an. Und ich falle darauf rein. Er sieht aus wie ein kleines Kind. Die frische Seebrise legt sich feucht auf meine Haut.

Plötzlich sagt Takashi:

»Du bist merkwürdig. So lauwarm. Du bist ein Klugscheißer und siehst alles immer so distanziert. Genauso fährst du auch Skateboard.«

Mich überläuft es kalt. Während er so was sagt, setzt er dieses harmlose Kindergesicht auf. Wir sind siebzehn und sehen nicht mehr aus wie Kinder. Aber jetzt ist Takashis Gesichtsausdruck wirklich wie der eines Fünfjährigen. Als hätte er eine Kindermaske aufgesetzt. **Völlig arglos. Es ist wirklich unheimlich.**

Der Typ ist gefährlich, echt gefährlich. Aber weil ich auf Gruselgeschichten stehe, kann ich die Finger nicht von ihm lassen. Irgendwie hänge ich auch an Takashi, denn wenn er mich neulich nicht mit seinem **Gegenzauber** befreit hätte, wäre ich vielleicht verrückt geworden. Ich nehme den halben Joint, den Takashi mir hinhält, zwischen die Lippen.

»Shu, ich erzähle dir mal was Interessantes. Wir können es tun, wenn wir nur wollen«, sagt Takashi, immer noch mit seinem Kindergesicht.

»Hä? Was meinst du? Ficken?«

»Ich glaube nicht ans Ficken.«

»Aber du stehst doch aufs Ficken, oder?«

»Ein normaler Fick ist wie eine Unterhaltung, nur ein

Kommunikationsmittel. Ich führe dabei dauernd Selbstgespräche.«

»Meinst du damit, du holst dir dauernd einen runter?«

»Nein. Ich habe bloß keine Lust, mich mit Frauen zu unterhalten.«

Vor zwei Wochen hat Shin Takashi ein Mädchen vorgestellt. Mir fällt plötzlich ihr Gesicht ein. Ich glaube, sie war ziemlich hübsch. Sie war eine Freundin von einer von Shins vielen Frauen. Sie ging auf eine Schule für höhere Töchter.

»Was war eigentlich mit dem Mädchen neulich? War die nicht total verknallt in dich?«

»Ach die«, sagt er gelangweilt. »Die war eine von diesen es-ist-das-erste-Mal-für-mich-Mädchen. Hinterher war Blut auf dem Laken. Die **bitch**. Sie ist ganz anders als meine Mama. Und ihr Busen war auch zu klein.«

Takashi und sein Mutterkomplex. Ich versuche, mich ganz genau an das Gesicht des Mädchens, das den **Fleck auf dem Laken hinterlassen hat,** zu erinnern. Aus purer Langeweile.

»Also hast du's einmal mit ihr gemacht? Die arme Kleine, die wird Sex hassen, wenn du der erste warst.«

»Ich verschwende nie Gedanken an Leute, die ich nicht leiden kann.«

Auf einmal verschwindet das Gesicht des Mädchens aus meinem Kopf. Takashi drückt den Joint aus.

»Wie hieß sie noch mal?«

Ist mir natürlich total egal. Takashi antwortet, auch völlig gelangweilt:

»Ich weiß nicht, wie diese **bitch** heißt. Das heißt, ich wusste ihren Namen mal, hab ihn aber vergessen und die Wahrscheinlichkeit, dass er mir wieder einfällt, ist gleich null. Mal was anderes...« Ich zünde mir eine Zigarette an und gucke zu ihm rüber. »Wir beide können es, wenn wir nur wollen.«

»Was meinst du denn damit?«

»Wir können jemanden umbringen, wenn wir nur wollen.«

»Hä?«

»Ich krieg schon bei der Vorstellung `nen Steifen, du nicht? Ist doch viel geiler, als `ne Frau zu vögeln. «

Mein Herz schlägt mir bis zum Hals, als würde es jeden Moment aus meiner Brust springen.

»Aber...«

»Ich könnte es jedenfalls.« Takashi legt den Arm um meine Schulter, dann zischt er in mein linkes Ohr: »Lass uns Shin umbringen. Er will nämlich sterben.«

Ich spüre Shin in meinem Rücken, der nur um eine Armlänge von uns weg ist. Ich weiß nicht, wieso Takashi so was erzählt.

»Ich hab ihn noch nie sagen hören, dass er...« Ich starre auf meine Fingerspitzen, ich kann mich nicht bewegen.

»Na, so direkt hat er mir das auch nicht gesagt. Aber er ist eben anders als wir.«

»Hä?«

»Er ist ein Opfer, kein Täter. Außerdem ist es nicht so, dass ich ihn nicht leiden könnte.«

Ich glaube, die Sammlung von meinem Alten hatte einen ziemlich großen Einfluss auf mich. Seit Mamas Tod waren die Sachen immer in meiner Reichweite. Sie waren mir näher als mein Vater. Vielleicht ist das bei mir auch angeboren. Ich fand so was schon immer toll. Ich sah mir an, wie Kids in meinem Alter missbraucht werden. Was da in Amerika in eurem Nachbarhaus passiert ist hab ich bestimmt auch gesehen. Die beiden haben das sicher auch aufgenommen und als **underground movie** verkauft. Hundertpro. Mit zwölf fand ich es viel unterhaltsamer, mir so was **anzugucken,** als die Vorstellung, mit meiner Freundin zu ficken. Ich badete in Wollust, aber kurz darauf war ich wieder unglücklich. Mal ehrlich, egal wie gut solche Aufnahmen sind, kann man denn auf Dauer etwas interessant finden, was man sich immer wieder anguckt? Du weißt schon, diese Katharsis, der Orgasmus, den du beim ersten Mal hast. Diese irre Lust, du weißt genau, sie ist irgendwo, aber du kommst da nicht mehr ran und du versuchst natürlich, sie irgendwie wieder zu erleben. Ich fand Papas Sammlung nicht besonders **lasterhaft**. Ich kapierte zwar, dass das alles irgendwie **tabu** ist, aber nicht so ganz bewusst, dafür war ich noch zu jung. Verstehst du, was ich meine? Der entscheidende Unterschied zwischen meinem Alten und mir ist, dass ich diese **fürchterlichen Sachen, the game of death**, instinktiv cool fand, während ihn, glaub ich, eher der Tabubruch anturnt. Der Unterschied zwischen einem verrückten römischen Kaiser und einem drogensüchtigen **psycho killer**. So was ganz nüchtern zu tun, das ist meine **nature**. Mein Alter steht darauf, wenn Kinder schreien. Aber für ihn sind die Kids austauschbar. Ich weiß nicht, ob ihm das überhaupt bewusst ist, aber für mich ist das der ausschlaggebende Punkt: ich respektiere es, wenn ein blödes Arschloch so auf ein Kind abfährt, dass er es 'aus Versehen' umbringt. Oder wenn jemand, der sich für besonders mutig hält beschließt, es sein ganzes Leben lang nur mit Leichen treiben zu wollen. Wenn nicht Kinderpornos, sondern Hundesex das größte Tabu auf der Welt wäre, dann hätte uns mein Alter sabbernd vor Aufregung einen Hundeporno gezeigt! Und gesagt: 'Das ist eine echte **no-cut** Version!', oder so. Die **Logik** und der **Verstand** spielen schon eine wichtige Rolle, wenn die Flamme der Begierde ewig weiter brennen soll. Dass die Perversen ihre Perversionen weiter pflegen können, verdanken sie doch den Vernünftigen und den Elternversammlungen dieser Welt. Mag sein, dass mich so was instinktiv geil macht, aber kein **excitement** brennt ohne Zündstoff. Das gilt für alle passionierten Beobachter.

Wenn man sich erst mal an etwas gewöhnt hat, braucht man bald einen stärkeren Kick.

Ich wollte einen stärkeren Kick und hab die ganze Zeit auf meine Chance gewartet. Ich wusste, dass ich so was kann. Und jetzt ist es endlich so weit.

05 Mask Hypnotism

Takashi gebraucht Magie und das Telefon.

Takashi:

»Yo **bitch**.«

Shin:

»Hä? Wer ist da? Satoru?«

Takashi:

»Hey, verwechsele mich nicht mit deinem Liebhaber.«

Shin:

»Ach Takashi, du bist's.
Ich hab übrigens keinen Liebhaber.«

Takashi:

»Aber einen **sex friend** hast du doch. Ist ja auch egal.«

Shin:

»Also...«

Takashi:

»Hey. Das neulich war ganz gut, oder?«

Shin:

»Was, neulich?«

Takashi:

»Na, das Video. Das war echt total geil.
Shus Geschichte auch.«

Shin:
»Ich fand das auch geil.«
Takashi:
»Yo, Shin.
Der Kleine ist echt böse fertig gemacht worden.«
Shin:
»Mann...stell dir mal vor,
wenn einem so was passieren würde...«
Takashi:
»Glaubst du,
der Junge ist wirklich tot und kommt nie wieder?«
Shin:
»Was?«
Takashi:
»Redest du mit Satoru auch darüber?«
Shin:
»Nein, Satoru fährt auf so was...«
Takashi:
»Der hat zu Shu und mir was Unglaubliches gesagt.«
Shin:
»Was denn?«
Takashi:
»Soll ich's ein **coming out** nennen?«
Shin:
»Hä?«

Takashi:
»Hast du zu ihm auch so was gesagt,
dass du ihn liebst oder so?«

Shin:
»Hör auf. Das ist ja total bescheuert.«

Takashi:
»Bescheuert ist das schon...«

Shin:
»Du weißt genau,
mir ist völlig egal, mit wem ich's mache.
Sie sind mir alle...«

Takashi:
»...total egal, oder?«

Shin:
»Genau. Weißt du doch.
Satoru soll sich um seinen eigenen Kram kümmern,
das geht mich nichts an.«

Takashi:
»Du hast mir immer noch nicht geantwortet.
Shin, das Kind in dem Video...?«

Shin:
»Das–, das war doch ein echtes Kind?«

Takashi:
»Glaubst du, der Junge ist tot und kommt nie wieder?«

Shin:
»...«

Takashi:

»Was meinst du?«

Shin:

»**De acuerdo. Diferente....** Nein.
Keine Ahnung, aber das kann ich mir nicht vorstellen,
das kann doch noch nicht sein Ende gewesen sein.
Ich weiß nicht wieso,
aber ich finde, er ist ein bisschen wie ich.
Für Leute wie uns gibt es keinen Anfang
und auch kein Ende.«

Takashi:

»Volltreffer!«

Shin:

»...«

Takashi:

»Genau.
Für Leute wie dich gibt es weder Anfang noch Ende.«

Shin:

»...«

Takashi:

»Du willst doch sterben, oder?«

Shin:

»Ich...«

Takashi:

»Du willst sterben. Ich weiß Bescheid.
Und ich kann das für dich erledigen.«

Shin:

»…«

Takashi:

»Ich erledige das für dich.
Ich weiß nämlich, dass du davon träumst,
getötet zu werden.
Das ist ziemlich irre.«

Shin:

»Ich?«

Takashi:

»Hör mal zu. Das ist doch genau das, was du willst.
Ich würde dich zwar auch so irre gerne umbringen,
aber ich würde dir das alles nicht sagen, wenn ich nicht
genau wüsste, dass du unbedingt getötet werden willst.«

Shin:

»Du willst mich umbringen?«

Takashi:

»Ja, würde ich. Wirklich gerne.«

Shin:

»So ganz brutal?«

Takashi:

»Genau. Du wirst genauso bestialisch ermordet
wie der Junge in dem Video.
Aber es gibt einen Unterschied zwischen ihm und dir.
Ich erklär dir mal, wieso der Junge sterben musste:
das Leben ist wie ein Spiel.

Jeder Protagonist hat sein eigenes Schicksal,
aber dieser Fluss des Schicksals hat viele Arme.
Wir müssen uns immer von neuem entscheiden,
in jedem Augenblick,
welchem Flussarm wir folgen.
Der Junge hatte bestimmt auch die Wahl 'weiterzuleben'.
Aber die Strömung war zu stark.
Er wurde mitgerissen
und auf 'schreckliche Weise ermordet'.
Aber du,
du ignorierst einfach die anderen Möglichkeiten,
du springst direkt in den schmalen Flussarm,
der heißt: 'getötet werden'.
Das ist viel krasser als Selbstmord. Das ist echte Stärke.
Du bist gleichzeitig Hauptdarsteller und Regisseur,
du kontrollierst alles, von innen und von außen.
Es gab bestimmt noch niemanden,
der so was geschafft hat.
Es ist schon was ganz Bedeutendes sterben zu können.
Irgendwer hat mal gesagt,
zum Selbstmord bräuchte man jede Menge Mut,
aber du bist noch besser, du lässt dich selbst umbringen.
So, wie du mich jetzt auch diese Sachen sagen lässt.«

Shin:

»Du willst mich wirklich umbringen?«

Takashi:
»Ich will dich umbringen. Das weißt du doch, oder? «
Shin:
»Dann wirst du mich also...
töten? Ich meine, so wie der Kleine ermordet wurde?«
Takashi:
»Ganz genau.
Die Kopfjäger auf Papua Neuguinea essen
die Körper ihrer besiegten Feinde.
Das ist nämlich die absolute Unterwerfung,
absolute Verachtung.
Kannibalismus bedeutet
die totale Vernichtung des Feindes.
Was für eine extreme Feindschaft. Ist gruselig, oder?
Aber keine Sorge,
Feindschaft ist nicht der einzige Grund
für Kannibalismus.
Für den Homo Sapiens bedeutet die Menschenfresserei,
sich die Eigenschaften eines anderen einzuverleiben.
Ich werde vielleicht ein Stück von dir essen.
Ist doch okay, oder?«

06 WHERE IS MY MIND?

Ich bin Privatdetektiv und verfolge gerade einen flüchtigen Verbrecher durch die ganze Stadt. Ein Marathon. Nur er und ich, ewig lange: **DEAD HEAT.** Zwischendurch ist mir plötzlich nicht mehr klar, wer der Verfolger und wer der Verfolgte ist. Ich verliere das Bewusstsein und verwandle mich in Butter. Die Butter läuft träge über den Asphalt und streckt ihre Fühler aus wie eine Amöbe. Dabei sind weder ein Tiger noch **pancakes** in Sicht. Eben habe ich mich in Butter verwandelt und weiß noch nicht, ob ich nach etwas greifen will oder einfach nur so langsam über den Asphalt fließe. Während ich mich ausbreite, erfüllt mich ein ungeheures Glücksgefühl und kribbelt tief in meiner Kehle. Meine Wangen sind ganz entspannt und ich muss lachen. Es fühlt sich toll an. Es ist wie – **SCREAMING OF JOY...** – es ist Klasse, Privatdetektiv zu sein. Wenn sich das so toll anfühlt, dann will ich später mal Privatdetektiv werden. Auf dem Asphalt erhitzt sich die Butter immer stärker und meine Freudenschreie verdampfen. Wie der Schrei beim Orgasmus. Ein leckerer Geruch steigt von der anbrennenden Butter auf... **SCREAMING OF JOY.** Sterbe ich jetzt? Anbrennend, verdampfend schlittere ich über den Asphalt eine abschüssige Straße in der Stadt hinunter. Immer schneller gleitet mein Körper auf das Ende der Straße zu. Was dahinter kommt, kann ich nicht erkennen. Ich werde fallen. Von einer Klippe stürzen. Ich kann mich nicht am Asphalt festhalten und rase mit unglaublicher Geschwindigkeit weiter. Ich schlittere über den Asphalt, während mein Körper auseinander fließt. Da, der Rand kommt schon näher, immer näher, der Rand einer riesigen **ramp**. Werde ich eine Drehung schaffen? Mein ganzer Körper verkrampft sich vor Anspannung; ich verbiege mich in Erwartung der **action**, die gleich kommen wird, aaaaaah!!!

»Shin!«

Jemand ruft meinen Namen. Ich wache auf. Völlig nass geschwitzt. Verschwommen sehe ich das Gesicht einer Frau vor mir.

»Bist du okay? Du hast so komische Zuckungen.«

Mir gehts seit zwei, drei Tagen dreckig. Ich habe mich erkältet, habe Fieber und Halsschmerzen. In der Schule war ich auch nicht. Satoru und Shu haben mich angerufen. Ich finde Fieber gar nicht so schlecht, ich mag dieses wabblige Gefühl. Man wird außerdem ziemlich **high** davon. Aber die Halsschmerzen nerven. Ich kann nicht rauchen und schon das Schlucken tut weh. Alles nur, weil Takashi mir diese merkwürdigen Sachen am Telefon gesagt hat. Na ja. Jedenfalls wollte ich die Erkältung noch am gleichen Tag wieder loswerden, und hab vorgestern Abend erst mal ein paar gute **lines** von dem Koks gezogen, das ich von Satoru gekriegt hatte. Ich hab voll zugeschlagen und bin dann alleine in den Club gegangen. Dort hab ich stundenlang **nonstop** zur Musik abgetanzt und dabei tierisch geschwitzt. Ich hab mich ganz aufs Tanzen konzentriert, mit niemandem geredet, mir dann ein Taxi nach Hause genommen und bin ins Bett gefallen.

Bis dahin erinnere ich mich noch. Und jetzt fällt mir auch endlich die Frau neben mir wieder ein. Ich hatte wegen meiner Halsschmerzen mit niemandem gesprochen, aber 'die Frau' ist einfach mitgekommen, obwohl ich gar nicht mit ihr gesprochen hatte.

»Dir gehts immer noch schlecht, oder?«

Nanu, sie weiß ja, dass es mir nicht gut geht. Dann hab ich wohl doch mit ihr geredet. Sie sieht nicht aus wie ein **girlie**, eher ziemlich erwachsen. Sie hat lange Haare und knallrote Fingernägel. Vielleicht arbeitet sie in einer Bar oder so. Ein braun gebrannter Gigolo würde viel besser zu ihr passen als ich. Ich bin nämlich viel hübscher als die meisten Frauen in der Szene. Echt mal. Ich strecke meinen Arm aus und berühre ihre Wange. Skeptisch fragt sie: »Was?«, sieht aber doch irgendwie erfreut aus. Ihre Haut ist gar nicht so toll, sie ist rau. Dabei ist sie ansonsten eine echte Schönheit. Den Kontrast ihrer braunen Brustwarzen zu ihrer hellen Haut finde ich ziemlich geil. 'Die Frau' wendet ihren Blick wieder von mir ab und greift neben das Bett. Sie holt eine schwarze Ledertasche hervor, die anscheinend ihr gehört. Ich ziehe meine Hand wieder zurück und gucke ihr verpennt zu. Hab ich mit 'der Frau' gevögelt?

'Die Frau' nimmt eine Zigarette heraus. Eine dünne Zigarette. Ich finde diese langen, dünnen Zigaretten widerlich.

»Ich will schlafen. Geh nach Hause«.

Ich krieche wieder unter die Bettdecke. Unter die feuchte Bettdecke. 'Die Frau', die zunächst eine Weile erstarrt war, beginnt sich anzuziehen. Das merke ich am Rascheln ihrer Kleider. Ich konzentriere mich auf meinen Atem. Diese Technik habe ich als Kind entwickelt. Ich kann überall einschlafen, egal, wo ich bin. Als ich klein war, habe ich nachts oft gehört, wie sich meine Eltern streiten. Das konnte ich auf den Tod nicht ausstehen. Vor lauter Angst konnte ich nachts nicht mehr schlafen. Ich bin damals dauernd tagsüber eingenickt. Nachdem ich den Trick entdeckt hatte, unter die Bettdecke zu kriechen und mich nur auf das Geräusch meines Atems zu konzentrieren, konnte ich wieder einschlafen. Ich erinnere mich nicht mehr daran, wie ich darauf gekommen bin. Ob ich das von jemandem aufgeschnappt oder mir selbst ausgedacht habe? Vielleicht bilde ich mir das alles auch nur ein.

Als ich wieder aufwache, ist mir schwindelig. Ich bin allein im Zimmer. Ich taste mit meiner Hand nach dem Thermometer neben dem Bett und messe, ob ich noch Fieber habe. Ich bilde mir fast ein, dass 'die Frau' nur ein Traum war. Mit dem Fieberthermometer im Mund stehe ich auf.

Vor lauter Durst weiß ich gar nicht mehr, ob das noch die Halsschmerzen sind oder nur meine trockene Kehle. Das Zimmer dreht sich um mich. Ich kann nicht gerade laufen, weil ich solch einen Druck auf dem Hinterkopf habe. Beim Gehen stütze ich mich an der Wand ab. Ich muss unbedingt duschen. Mich ein bisschen wässern. Im Badezimmer reiße ich mir die verschwitzten Klamotten vom Leib. Mein Hemd hat schon gelbe Flecken von dem typischen Koksschweiß. Ich stehe nackt vor dem trüben Spiegel. Mein bleicher Körper sieht aus, als ob er im Spiegel leuchten würde. Ich glaube, ich bin dünner geworden. Ich habe nicht nur Ringe unter den Augen und eingefallene Wangen, überall auf meinem Körper sind Schatten entstanden. Wie einer dieser Scherzartikel sehe ich aus: ein Skelett, das im Dunklen leuchtet. Es sieht aus, als würde ich grün-gelbliches Licht ausstrahlen. Mein verschwitzter Körper stinkt nach Metall. Ich drehe den Kopf unter die Achseln und schnuppere. Dieser rostige Eisengeruch erinnert mich an den Geschmack von Blut.

Ich dusche und gucke in den Kühlschrank. Er ist völlig leer. Es ist wirklich überhaupt nichts drin. Mir gings nicht so gut, deshalb konnte ich nicht einkaufen gehen. Da fällt mir ein, dass ich die ganze Zeit kaum etwas gegessen habe. Und keine brauchbare Frau in der Nähe, die ich mir warm gehalten habe. Ich will Frauen sowieso diese Adresse nicht geben. Aber es könnte mir ruhig eine was zu essen vorbei bringen. Ich hocke mich vor den Kühlschrank und stecke meinen Kopf rein. Nach wie vor gähnende Leere. Scheiße, ich würde jetzt gerne **pancakes** essen. Darauf hätte ich Riesenappetit. Hilft alles nichts, ich weiß nicht mal, wo das Mehl ist. Milch ist auch keine da. Und wie macht man überhaupt **pancakes**? Wie **Tortillas**? Was ist eigentlich im Kühlschrank? Da ist schon mal eine Plastikflasche Pokari Sweat, ein bisschen in Alufolie eingewickeltes Kokain, ein Klumpen Hasch und ein paar Blättchen LSD. Ha! Ob ein **pancake** aus Koks und Pokari Sweat gut schmeckt? So `ne Art Kinderteller. Darauf stecken wir ein Fähnchen aus einem Zahnstocher und einem **Paper Acid**. Auf den ersten Blick ganz **straight** aber doch total schräg.

Ich muss niesen. Meine Haare sind noch nass, vielleicht hab ich mich wieder verkühlt. Ich will mich nicht schon wieder erkälten. Mir ist immer noch schwindlig. In meinem Kopf gähnende Leere.

Ich gehe zurück ins Zimmer um mir irgendein Hemd rauszusuchen. Neben dem Wandschrank finde ich mein Handy. Ich werfe es aufs Bett. Dann schnappe ich mir ein Hemd aus dem Wandschrank und ziehe es über. Das Handy ist seit drei Tagen aus. Dieser Schwachsinn, den Satoru Takashi und Shu erzählt hat..., der Anruf von Takashi..., das Gelaber der Frauen – ich wollte einfach nichts davon wissen, an nichts denken. Außerdem hatte ich Halsschmerzen.

Und überhaupt bin ich ganz gerne alleine. Na ja. Ich strecke mich auf dem feuchten Bett aus und schalte das Handy wieder auf **on**. Es fiept leise. Das kleine Gerät in meiner Hand ist wieder zum Leben erwacht. Das Display strahlt in seinem bläulich-weißen Licht.

Ich denke immer noch an **pancakes**, ich greife mir das Handy, da klingelt es plötzlich. Abergläubig wie ich bin, gehe ich gleich in Abwehrhaltung.

»**What's up, bitch?**«

»Hey, Satoru. **I'm pretty fuckin' far from okay, man. Bitch.**«

»Was denn, gings dir echt so dreckig?«

»Von wo rufst du an?

»Wenn's dir so schlecht ging, hätte ich dich doch pflegen können.«

»Ausgerechnet du. Soll wohl ein Witz sein.«

»Wieso?«

»Du bist so verwöhnt vom Schicksal, du weißt doch gar nicht, wie das geht, sich um jemanden zu kümmern.«

»Was soll denn das heißen?«

Ich hab gerade einfach mal ausgesprochen, was ich ohnehin wirklich dauernd denke. Aber Satoru versteht das bestimmt nicht. Er kommt aus einer viel zu glücklichen Familie. Darum ist er lieb und ziemlich tumb.

»Wo bist du gerade?«

»Am Bahnhof bei dir um die Ecke.«

»Wollen wir bei Mac frühstücken?«

»Bei MacDonald's? Was glaubst du, wie spät es jetzt ist?«

»Keine Ahnung. Ich war die ganze Zeit erkältet und bin gerade erst aufgestanden.«

»Es ist halb sechs, Mann.«

» Du – Penner, du rufst zu dieser Zeit an? Ich bring dich um!«

»Na und? Du bist doch wach, oder? Ich war im PENTAGON, bin schon etwas früher als sonst wieder raus.«

PENTAGON heißt der Club, wo Satoru und ich bis vor kurzem öfter hingegangen sind. Ich hab da Frauen aufgerissen (oder die Frauen haben mich aufgerissen) und Satoru war eher wegen seiner Geschäfte dort. Außerdem war's umsonst, weil wir den Besitzer kennen. Irgendwie mochte ich die Atmosphäre in dem Laden, nachts, bevor die Luft so richtig brannte. Seit der Club berühmt ist und schon was in Zeitschriften darüber stand, ist es da langweilig.

»Es war ziemlich gut, Taro hat aufgelegt.«

Taro ist der DJ, der ganz oben auf Satorus Stammkundenliste steht. Er ist ein treuer Kunde, ein halber Junkie.

»Kann ich bei dir pennen? Bin zu faul, jetzt noch nach Hause zu fahren.«

»Okay. Wir treffen uns bei Mac.«

»Bring mal dieses Zeug mit, das Muskelaufbaupräparat.«

Ich lege auf.

Ich hänge mit Satoru nicht nur in der Schule ab, sondern auch ziemlich oft außerhalb. Satoru hat auf seinem rechten Arm das JIS[1]-Zeichen eintätowiert. Das ist aber auch das einzig Gute an ihm, das mir einfällt, sonst ist er ein ziemlicher Idiot. Außerdem ist er Dealer, was ich ganz praktisch finde, und er ist nicht so krass drauf wie Takashi oder Shu. Darum hänge ich oft mit ihm rum. Mein Vater ist ins Ausland versetzt worden. Meine Mutter ist auch mitgegangen. Zurzeit wohnen sie in London und Satoru nutzt diese Gelegenheit. Er kommt oft vorbei, macht es sich gemütlich und benutzt meine Wohnung als Drogenlager. Der Inhalt des Kühlschranks gehört schon nicht mehr mir, das sind alles seine Sachen. Er will wohl aus meiner Wohnung ein **crack house** machen. Satoru liebt Koks und will nach der **high school** unbedingt nach Kolumbien auswandern. Er gibt ziemlich an damit und seine armen Eltern können einem Leid tun. Ihr Sohn ist ein **happy idiot**. Satorus Eltern machen beide einen netten Eindruck und er mag sie wohl auch beide total gern. Ernsthaft. So was wie eine 'Trotzphase' scheint in der Familie unbekannt zu sein. Trotzdem, er ist ein Dealer. Und dann ist da noch seine **maman**. Sie ist eine schöne Frau, immer ganz chic, als käme sie gerade aus Paris. Genau mein Geschmack. Aber wenn ich das Satoru gegenüber erwähne, wirkt er immer gleich so traurig, das nervt mich krass. Ich red nicht mehr drüber, aber ich schwöre, ich werd eines Tages seine Mutter vögeln.

1: Japanese Industrial Standard, entspricht dem DIN-Zeichen

Bestimmt ist Satorus **maman** genau so eine **dirty slut** wie Cartmans Mama oder wie meine. Ihre Mütter sind noch besser als meine, sie backen wenigstens **brownies**.

Es bringt am meisten etwas zu zerstören, das jemandem total wichtig ist. Ein Ding, das keinem wichtig ist, kann man ruhig kaputtmachen. So wie mich zum Beispiel.

Was man noch über unsere Beziehung sagen kann?

Wir pennen ab und zu miteinander. Wir sind ja schließlich schon erwachsen.

Ich schlafe weder mit Takashi noch mit Shu, und die beiden wussten eigentlich auch nicht, dass ich mit Satoru schlafe. Eigentlich. Bis Satoru durchgedreht ist und ihnen diesen Blödsinn erzählt hat. Ich bin zwar ganz schön abgenervt, aber ich werde es Satoru gegenüber nicht weiter erwähnen. Ich will nämlich nicht darüber reden. Na ja, vielleicht haben sie ja eh schon was geahnt. Wir vier hängen viel miteinander ab, aber das heißt noch lange nicht, dass wir die engsten Kumpels sind. Vielleicht haben sie auch nichts gesagt, weil es ihnen egal ist. Wenn ich mit Satoru penne, machen wir das fast immer bei mir. Das ist bestimmt ein Grund dafür, dass es nicht raus gekommen ist. Wenn wir alle vier zusammen sind, treffen wir uns meistens bei Takashi oder im Park. Takashi war noch nie bei mir zu Hause. Shu hat nur einmal, im ersten Halbjahr, einen Mittagsschlaf bei mir gemacht. Shus Gesicht im Schlaf war so niedlich, dass ich plötzlich an seiner Wange lecken musste. Shu ist nicht davon aufgewacht, aber vielleicht ist er ja danach nie wieder zu mir gekommen, weil er doch etwas gemerkt hat. An dem Abend habe ich mir auf Shu einen runtergeholt. Takashi einzuladen traute ich mich nicht. Irgendwie fürchtete ich von ihm blitzartig aufgefressen zu werden, oder so etwas. Mein Instinkt warnte mich davor. Zu Recht, wie sich neulich am Telefon herausgestellt hat. Mist, er wird mich bestimmt fertig machen. Ich kann irgendwie immer noch nicht über dieses Telefongespräch nachdenken. Aber es scheint, dass eine Stimme tief in mir sagt: ›**Go.**‹

Ich unterbreche meine Träumereien, um mir schnell meine Jeans überzuziehen... – das Schwindelgefühl ist schon wieder da. Ich glaube, ich habe ziemlich lange geschlafen. Ich ziehe es vor, ewig zu schlafen, wenn die Rückkehr in die Realität diesen Druck auf meinen Schädel bedeutet.

Ich setze mich auf die Bettkante und binde meine Turnschuhe zu. Als ich aufstehen will, wird mir wieder schwindelig. Ich stütze mich auf das Kopfkissen. Ein langes Haar bleibt an meinem Fingerspitzen hängen. Ich nehme es hoch und lasse es in den Mülleimer fallen.

Als ich bei MacDonald's ankomme, kauert Satoru da schon in einer Ecke und pennt. Ich gehe direkt zur Theke und bestelle ein Frühstücksmenü. Der Junge, der mich bedient, guckt irritiert, als ich breit lächelnd **pancakes** bestelle. Dabei behaupten die doch bei MacDonald's in Japan, sie verkaufen ein Lächeln, oder? Selbst um sechs Uhr morgens.

Bildschöne **pancakes**. Genau das Richtige jetzt. Wunderschön. Etwas Butter mitten auf die goldenen runden Dinger und dann den leuchtenden Sirup rübergeschüttet. Dazu Plastikmesser und -gabel, wie Spielbesteck, es macht Spaß.

»Du hast Gras geraucht, oder?«

»Ach, bist du wach? **Good morning**, Satoru.«

Satoru guckt mich aus halbgeöffneten Augen an. Er hat Ringe unter den Augen und macht ein Gesicht wie ein Stoffschaf. Damit meine ich nicht etwa, dass er niedlich auf mich wirkt. Wie immer trägt er seine Klamotten von Prada (oder einem anderen Designer) so lässig, als wäre es irgendwelches billiges Zeug.

»Und, hast du nun was geraucht?«

»**Non. Pourquoi?**«

»Na, wie schaffst du's denn sonst, ausgerechnet am frühen Morgen so was zu essen?«

»Na und? Ich hab Kohldampf. Außerdem hab ich die ganze Zeit nichts gegessen.«

Satoru verbirgt den Kopf in seinen Händen und schläft weiter. Ich zerschneide die **pancakes** und stopfe sie mir hintereinander in den Mund. Solche mechanischen Tätigkeiten machen mir gute Laune. Ich muss gleich welche nachbestellen.

Lecker.

Satoru hebt seinen Kopf. Ich schaufle gerade den fünften **pancake** vom dritten Teller in mich hinein.

»Du frisst ja immer noch!«

»**Si**.«

»Gib mir mal ne Zigarette.«

Ich nehme die Gabel in die rechte Hand, hole mit der Linken die Zigaretten aus meiner Tasche und werfe sie Satoru rüber.

»Was denn, ganz normale Zigaretten?«

»Quatsch mich nicht voll – ich schlag dich tot.«

»Ich hab dir doch gesagt, du sollst das Muskelpräparat mitbringen?«

»Hab ich doch.«

»Wollen wir?«

»Hier?«

»Ist vielleicht nicht so günstig, was?«

Wir tun so als wär nichts und gehen aufs Klo. Zusammen in einer Kabine, setzt sich Satoru auf die Klobrille und ich bleibe stehen. Aus meiner Arschtasche hole ich ein braunes Zauberfläschchen und einen kleinen Löffel und gebe ihm beides. Satoru öffnet die Flasche, holt etwas mit dem Löffel raus, steckt ihn in seine Nase und zieht volle Pulle ein. Er macht das ziemlich geschickt; es geht kein Stäubchen daneben.

»Super.«

Ich löffle Koks aus der Flasche und nehme eine Nase, so wie er. Ich ziehe mir das Zeug bis in mein Hirn hoch. Tief in meinem Kopf drinnen zischt es. Bitterer, dicker Rotz fließt aus der Tiefe des Gehirns heraus. Ich fühle, wie meine Körpertemperatur ansteigt. Wir sehen uns an – und müssen lachen. Ich mag Koks, weil es sofort wirkt.

»Wow.«

Ich lecke mit der Zungenspitze das bisschen ab, das am Löffel hängen geblieben ist.

»Wonach schmeckt das?«

»Nach Blut.«

Wir grinsen uns an. Dann küssen wir uns. Satoru steht auf und umarmt mich. Plötzlich verabscheue ich ihn. Ich ignoriere das Gefühl und stecke ihm einfach meine Zunge rein. Meine Zunge ist heiß, Satorus Mund ist auch heiß. An den Stellen, wo wir uns berühren, wird auch unsere Haut immer heißer und schwitziger. Ich kann an einem Kuss nichts Schönes finden. Das ist nichts als Sex zwischen zwei Zungen. Ein Geräusch, als ob man mit den Fingern in der Möse einer Frau rumrührt.

»Ich liebe dich.«

Ich ignoriere Satorus Worte. Ich versuche, mit meinen roten Fingern Satorus Reißverschluss aufzukriegen. Ich weiß schon gar nicht mehr, was ich tue. An dem Tag, an dem Satoru die Ecstasy-Pillen mitgebracht hat, habe ich es das erste Mal mit ihm gemacht. Irgendwie hat es mich angemacht, ich war **happy** und wollte unbedingt ficken. Es kommt mir vor, als wäre das schon ewig her. Mir war egal, mit wem ich es treibe. Ich dachte, bei Satoru wäre es genauso. Solange ich Sex haben kann, ist mir total egal, mit wem ich es mache. Satoru ist bestimmt auch völlig egal, solange er 'ich liebe dich' zu irgendjemandem sagen kann.

Satoru lehnt sein Gesicht an meine Schulter, als ich mit meiner Hand in seine Jeans greife. Er atmet tief. Dann hebt er den Kopf und presst seine Lippen wieder auf meine. Wir lösen unsere Münder voneinander. Nur ein Spuckefaden verbindet uns. Aber das ist nichts Schönes wie der Ahornsirup auf den **pancakes**, sondern wertlos. Ich drücke seinen Kopf nach unten und versuche, Satoru zum Hinknien zu kriegen. Plötzlich schubst er mich mit beiden Händen weg.

»Das fällt doch auf, wenn wir so lange hier drin bleiben.«

»Wem soll das denn auffallen. Seit wann ist Sex ein Verbrechen?«

»Du bist ein Anarchist, Shin. Das ist bestimmt der Einfluss von diesen Perversen.«

Ohne genau zu kapieren, was Satoru da gesagt hat, bleibt mir im gleichen Augenblick die Erektion weg. Satoru küsst leicht meinen Hals.

»Ich hab denen verraten, dass ich dich liebe.«

Der soll mich doch in Ruhe lassen. Ich schiebe Satoru weg. Satoru tut immer so tumb und versucht dabei, sich

Stück für Stück in dein Leben einzuschleimen. Das ist das allerletzte.

»Okay, okay, ich will auch nicht erwischt werden. Lass uns raus gehen.«

Ich hab die Schnauze voll von diesem wunderbaren Alltag, von diesen Tagen voller Liebe, Freundschaft und Sex.

Als wir aus MacDonald's rauskommen, trifft mich die Sonne wie ein Schlag. Ist etwa schon Sommer? Ich reiße Satoru die Sonnenbrille, die er mir anbietet, aus der Hand. Mit der Sonnenbrille auf schaffe ich es, endlich darüber nachzudenken, was ich jetzt machen soll. Kein Mensch ist auf der Straße. Satoru zieht sich seine zerschlissene Stussy-Kappe tief ins Gesicht und läuft die Straße hoch, ohne sich nach mir umzudrehen. Meine Wohnung liegt auf dem Hügel oben am Ende der Straße. Ich fühle den Asphalt unter meinen Füßen. Ich versuche, Satorus Umrisse, die immer wieder verschwimmen, im Auge zu behalten und folge ihm. Der Boden fühlt sich mal hart, mal weich an. Wir haben die halbe Höhe des Hügels erreicht. Ich vermeide es, mich umzudrehen, weil ich abergläubig bin. Ich bleibe einen Moment stehen. Aus dem Asphalt erhebt sich ein böser Geist wie eine Fata Morgana. Das kommt bestimmt bloß vom Koks und davon, dass mir schon seit dem Aufstehen schwindelig ist. Ich schließe die Augen und schlage die Hände vors Gesicht. Nein, ich verstecke mich hinter ihnen.

Früher, vor ganz langer Zeit, habe ich schon mal mein Gesicht, nein, meine Augen so versteckt. Um nichts mehr sehen zu müssen. Als Kind hatte ich Angst vor dem Bösen Blick. Ich weiß nicht mehr genau, wann das war, aber ich habe mal im Mexikanischen Nationalmuseum eine Ausstellung mit surrealistischer Malerei gesehen. In der Mitte eines der Bilder war eine schön gekleidete Frau gemalt. Aber sie war zur Hälfte ein Skelett. Sie sah mich die ganze Zeit an, als wäre nichts und die Hälfte von ihr, die ein Skelett war, wandte mir diese leere, dunkle Augenhöhle zu. Mir fiel die Geschichte vom bösen Blick ein, die mir ein Freund erzählt hatte und ich geriet in Panik. Ich vergrub den Kopf in meinen Armen und bedeckte die Augen. Aber ich habe sie angesehen.

Seitdem bin ich verflucht.

Darum kommt jetzt dieser Teufel aus dem Asphalt, damit sich der Fluch erfüllt.

Así es la vida.

Und ich bin **sin remedio**, hoffnungslos verloren.

Ich bin wieder in Mexiko gelandet.

Vor meinen Füßen steigt flimmernde Luft auf. Sie steht am Kreuzweg dieser dubiosen Seitenstraße, diese alte Hexe. Sie weiß genau, dass ich mich nicht bewegen kann, sie zieht meinen Reißverschluss runter, nimmt meinen kleinen, weichen Penis, der sich in der Vorhaut versteckt, zwischen ihren Daumen und Mittelfinger. Mein Pimmel sieht aus wie eine Kidney-Bohne. Ich weiß nicht mehr, wie ich mich aus dieser Erstarrung lösen kann. Damals in jener Stadt, in der sich Aberglaube mit Luft und Abgasen mischte, waren selbst die Hochhäuser aus Hühnerblut, Kräutern und ein paar Zaubersprüchen gebaut. Dort waren alle Leute verhext. Darum waren alle unglücklich. Aber mein Fluch war es, nicht unglücklich zu werden, obwohl ich auch genau so wie die anderen verhext war.

In der heißen Sonne werden alle schönen Lügen unsichtbar. Auch diese Gedanken kommen alle vom Koksen und diesem Schwindelgefühl, mit dem ich aufgestanden bin. Auf einmal ist hier nicht mehr hier. Warum lebe ich weiter, ohne unglücklich zu werden? Takashi hat mich gefragt: ›Du willst sterben, oder?‹ Wenn Leben und Sterben wie bei der halben Skelettdame nicht zwei Seiten einer Medaille, sondern eine Einheit wären, dann wäre es gleich, ob man lebt oder stirbt, es wäre nur eine Frage des Bewusstseins. Wir leben sterbend ein langes Leben. Die Toten leben im Tod weiter. Bin ich tot oder lebe ich? Wahrscheinlich habe ich mich für eins von beiden entschieden. Die **reality** ist wie ein Schatten, der fällt, je nachdem, woher das Licht kommt. Die Leute, die mich in meiner damaligen Welt umgaben, hatte ich hier in Japan völlig vergessen. Ihre tiefe Gläubigkeit, ihre Zaubersprüche, ihre Unschuld und ihre Kompliziertheit. Solange ich hier bin, verdeckt das dünne, graue Netz des sonnenbebrillten Alltags all diese schmutzigen und abgründigen Dinge.

Und doch erfüllt sich hier plötzlich der Fluch meiner Vergangenheit. Ich gehe wieder den Hügel hoch.

Vor lauter Helligkeit draußen kriege ich Atemnot und flüchte mich in die Wohnung. Satorus Schuhe stehen ordentlich nebeneinander im Flur. Mir ist kotzübel. Ich gehe direkt, ohne die Schuhe auszuziehen, in die Küche und hole die Flasche Pokari Sweat aus dem Kühlschrank. Ich trinke aus der Flasche und gehe ins Wohnzimmer. Da liegt Satoru. Er hat sich auf dem Sofa zusammengerollt und ist schon halb eingeschlafen.

»Was war denn los? Warum kommst du jetzt erst?«

»Wie lange war ich denn da draußen?«

»Hm, vielleicht eine Viertelstunde?«

Ich hab bestimmt 'nen Sonnenstich. Oder es kommt noch von der Erkältung. Oder vom Koks. Ist ja lächerlich, fünfzehn Minuten so auf der Straße herumzustehen. Ich muss doch ein echter Vollidiot sein.

Satoru zieht mich am Arm, so dass ich aufs Sofa falle.

»Bist du nicht müde?«

Satoru küsst mich, ohne zu antworten und zieht mir das T-Shirt über den Kopf. Das ausgezogene Hemd liegt zusammengeknüllt auf dem Boden. Es verwandelt sich in substanzlosen Rauch. Ich glaube, der böse Geist ist mir hierher gefolgt. Satoru küsst mich. Er murmelt irgendetwas. Es hört sich an wie ein Fluch. Er verhext meinen Hals, meine

Brustwarzen, die Achseln, die Lippen, die Oberschenkel, meinen Bauchnabel, sogar meinen Penis. Nur mein Kopf bleibt ganz klar. Aber ich kriege kaum Luft. Ich schließe die Augen. Fühle mich schwach. Bin ja auch noch nicht ganz gesund. Das Essen liegt mir schwer im Magen.

Ich bin müde.

Ich beschließe, auf Takashis Angebot einzugehen.

07 STAY BEAUTIFUL

Heute hatte ich Lust im Bett abzuhängen und hab die Schule geschwänzt. Na ja, in Wirklichkeit war es so, dass ich gestern zu lange am Computer gespielt habe. Als ich endlich ins Bett ging, war es schon sieben Uhr früh. Ich hatte aber kein neues Spiel oder so, sondern bloß keinen Bock aufs schlafen.

Ich bin schon wach, hänge aber noch im Bett rum und gucke fern. Das Handy klingelt. Ich ignoriere es. Ich gucke auf die Uhr, es ist halb zwei. Auf dem Display steht 'SIN'. Ich bin noch ziemlich verpennt und halte das für einen Telefonstreich. Seit dem Gespräch im Park habe ich weder Takashi noch Shin gesehen. Nicht mal am Wochenende. Satoru hatte mich Samstagabend angerufen und wir haben uns getroffen. Wir waren im Park verabredet. Er brachte mir das **weed** mit und die **buds**, die ich bestellt hatte. Viel zu sagen haben wir uns nicht. Wir haben erst mal zwei oder drei Joints gerollt und dann schweigend vor uns hin geraucht. Nach dem zweiten Joint hat Satoru plötzlich erzählt, er sei bisexuell. Und dann, dass er verliebt sei, nämlich in Shin. Es hat mich überhaupt nicht tangiert. Genau wie Takashi wusste ich schon, dass die beiden miteinander schlafen, aber ob sie jetzt echt miteinander ficken oder nicht – ich hätte eher gedacht, dass sie's nicht tun. Selbst jetzt, wo ich weiß, dass sie es wirklich miteinander machen, ist es mir egal. Das geht mich nämlich überhaupt nichts an. Und weil es mir egal ist, wusste ich auch nicht, was ich sagen sollte. Ich sagte nur so was wie ›Halt durch.‹. Keine Ahnung, was das heißen sollte.

Spät am Abend hat dann Takashi angerufen. Ich ging ran, obwohl ich eigentlich keine Lust hatte, mit ihm zu reden. Er erzählte, dass Satoru auch bei ihm ein **coming out** hatte. Er fand das ziemlich witzig, aber eigentlich kanns ihm ja auch egal sein. Takashi meinte, Satorus **coming out** sei ein **statement** im Sinne von 'Ich habs auf die Frau da abgesehen, also lass die Finger von ihr!' Ich dachte nur 'Ach so'.

Zum Schluss sagte Takashi noch:

»Ich werde es dieser **bitch** zeigen.« Mit **bitch** meinte er Shin. Und dann: »Shin ist Satoru doch scheißegal.« Als ich fragte, woher er das weiß, antwortete er: »Weil eine normale **relationship** gar nicht zu Shin passt, genauso wenig wie zu dir oder mir.« Ich lachte verblüfft und fragte Takashi:

»Gehöre ich jetzt etwa zum Club der Perversen?« Takashi lachte glucksend mit und sagte, ich wäre ein neutraler Penner.

Seitdem komme ich irgendwie nicht mehr zur Ruhe. Gestern konnte ich auch nicht schlafen. Vielleicht sind das böse Vorahnungen. Und dann erscheint auf dem Display des Handys auch noch 'SIN'. Ich hab doch gar nichts getan, was soll denn das jetzt mit der Sünde, dachte ich. Aber nach drei Sekunden fiel mir ein, dass ich nur Shins Telefonnummer mit den Buchstaben 'SIN' eingegeben hatte.

Komisch, zurzeit passieren lauter merkwürdige Sachen. Ich spüre eine böse Vorahnung links in meinem Bauch. Satoru ist hinter Shin her und Takashi, den das reizt, will Shin umbringen. Aber wie weit Takashi wirklich gehen würde, kann ich noch nicht abschätzen. Spielt er bloß den Exzentriker oder ist er ein echter **psycho**? Es wird gefährlich für Shin. Ob sein Lebenswille stark genug ist, der Gefahr zu widerstehen? Und ich? Ich bleibe gerne neutraler Beobachter.

Ich stehe auf, steige die Treppe runter ins Erdgeschoss, gehe in die Küche und hole mir eine Cola aus dem Kühlschrank. Trinke aus der Flasche und schmeiße mich aufs Sofa. Meine Eltern sind beide arbeiten. In dieser Gegend sind fast alle Doppelverdiener, darum ist es mittags hier total ruhig. Ich strecke meinen Arm aus, greife mir die Fernbedienung und mache den Fernseher an in der Hoffnung, dass so was wie die Jerry Springer-Show läuft.

Ich bleibe bei einer Sendung hängen, in der lauter in Seelennot steckende Leute mittleren Alters, die mit meiner Welt nichts zu tun haben, von einem wichtig tuenden Alten Strafpredigten kriegen. Da klingelt das Handy. Es ist wieder Shin.

»Yo Shin.«

»Shu? Bist du in der Schule?«

»Nein, zu Hause.«

»Kann ich kurz vorbei kommen?«

Ehrlich gesagt habe ich keinen Bock darauf. Aber vielleicht wäre es ganz nett, ihn ein bisschen vorzuwarnen. Selbst als unbeteiligter Zuschauer interessiert es mich zu erfahren, was er von der Sache weiß. Draußen sieht es erstaunlich heiß aus und weit hinten am Himmel ballen sich Quällwolken zusammen. Sind das echt Gewitterwolken? Beim Betrachten des Himmels werde ich wieder müde und beschließe, noch ein bisschen zu schlafen bis Shin kommt. Ich ziehe mein nach Schweiß stinkendes Hemd aus und werfe es auf den Boden. Ich konzentriere mich darauf, wie die Luft meinen Körper langsam trocknet. Lege beide Arme über mein Gesicht und schließe die Augen. Das Bild der Gewitterwolken wie ein Negativ in meine Augenlider eingebrannt.

Nach nicht mal einer halben Stunde kommt Shin. Ich war gerade dabei, in Tiefschlaf zu fallen. Da schreckt mich die Klingel auf und ich gehe zur Tür. Es ist Shin. Da steht er mit seinem Mädchengesicht, bleich wie immer. Ich schmeiße mich aufs Sofa. Er setzt sich daneben auf den Boden.

»Echt selten, dass du mich mal besuchst.«

»Ist bestimmt das letzte Mal.«

Ich verstehe nicht, was er meint.

»Das letzte Mal...?«

Shin schaut mich nicht an. Er sagt zum laufenden Fernseher:

»Weil ich bald sterbe.«

Ich zucke zusammen. Irgendwie unheimlich. Mir fällt Takashis Gesicht ein, was mich sofort nervt.

»Wieso haben sich plötzlich alle von dieser Hysterie anstecken lassen?!«

Endlich dreht sich Shin zu mir um.

»Und du Shu, findest du das okay?«

»Shin?«

»Einfach so weiterzuleben, findest du das nicht öde?«

Es überläuft mich heiß. Ich packte ihn am Arm. Seine Arme sind hart und knochig, auf den Innenseiten der Ellenbogen laufen viele blaue Adern entlang. Tief unten aus meinem Gedächtnis taucht das Video auf. Das Kind, das blonde Kind, das in kleine Stücke zerschnitten und selbst dann noch weiter vergewaltigt wird.

»Hör mal, wenn du tot bist, kannst du nie wieder zurück!«

»Und du?« Shin packt mit seiner Linken meine Hand, die seinen Arm festhält. Seine Finger sind kalt. »Willst du mich umbringen?«

Ich starre Shin an, da fallen mir die blauen Augen des schwarzhaarigen Mannes wieder ein. Shins Stimme klingt heiser. Sie ruft in meinem Inneren keinen Widerhall hervor.

»Wieso?«

»Was?«

»Wieso willst du sterben?«

Shin sieht peinlich berührt aus. Plötzlich guckt er wieder wie immer. Dann senkt er seinen Blick und blinzelt mehrere Male. Es sieht aus, als würde er gleich anfangen zu weinen. Nein, er weint fast, während er lacht.

»Wieso? Wenn ich mein nutzloses Leben so weiterlebe, ist das echt öde. Ist doch traurig.«

Ich verstehe kein Wort von dem, was Shin da sagt. Wieso sind jetzt alle von dieser Hysterie angesteckt? Wenn er wirklich denkt, er will sterben, weil er sich selbst öde findet, warum schaffe ich es dann nicht, ihm irgendwas zu sagen, damit er sich besser fühlt? So was wie 'Du bist nicht öde' oder 'Du darfst nicht sterben' oder so. Ich suche in meinem Kopf verzweifelt nach Worten, die nicht gelogen sind. Oder wenigstens nicht nach Lüge klingen. Reale Worte, mit denen Shin weiterleben kann. Eine schöne Lüge würde ja auch reichen. Aber in meinem Kopf ist gähnende Leere. Alles, was mir einfällt, sind Worte wie 'Es wäre traurig, wenn du stirbst', nur leere Silben. Wäre ich traurig, wenn er sterben würde? Es ist schon jetzt so, als wäre er tot, als ob es wirklich beschlossen wäre, dass er umgebracht wird. Ist es traurig, dass Menschen sterben? Was war das dann mit dem Video? Ich fand es geil, dem **Kitty** beim Sterben zuzugucken. Gleichzeitig hatte ich Angst. Aber das bezog sich nicht auf den Tod des Kindes. Auch nicht wegen der Kinder, die im Haus nebenan gestorben waren. Takashi sagt, es gibt Leute, die getötet werden, und Leute, die töten. Und wenn es das Schicksal eines Menschen ist, zu sterben, gibt es dann auch so was wie eine Bestimmung, umgebracht zu werden? Aber was war dann diese feste Überzeugung an jenem Tag, dieses Gefühl, dass das Kind niemals zurückkommen wird? In meinem Kopf erscheinen und verschwinden wieder: das Video, das sich zurückspult, Takashi, das Muster auf meinem ersten Skateboard.

Das Video spult sich zurück und beginnt von vorn. Das Kind, das lebt, das Kind, das tot ist, sie sind beide echt.

Unendlich oft?

Unendlich oft. Man kann das unendlich oft wiederholen.

Es kommt mir so vor, als würde ich Takashis Stimme hören.

Shin, der Shin, der hier vor mir sitzt, der will nicht unbedingt sterben. Das ist der Shin, der glaubt, er sei es nicht wert, weiter zu leben. Wenn er stirbt, kommt er nie wieder. Er wird zerstückelt und in ein Video eingesperrt werden. So wie der kleine Junge.

»Ich hab die Schnauze voll. Ich will mich nie wieder langweilen«, sagt Shin, ohne mich zu beachten. **I wish I could kiss him or hug him at least.** Aber wir beide stehen uns eigentlich nicht so nahe. Ich lege meine leeren, dornigen

Arme um meinen eigenen Körper. Wir Egoisten. Unsere egoistische Welt. Selbst Shin ist in sich selbst verliebt. Das ist Hysterie, für mich ist das alles **bullshit. Bullshit**, man!

»S... stop that shit.«

Diese Worte hallen in meinem Kopf wieder. Aber sie klingen nicht überzeugend, irgendwas stimmt nicht daran.

»Ich frage dich noch mal: willst du mich umbringen?« fragt Shin.

Ich ziehe meine Arme fester um mich herum. Ich denke an den schwarzhaarigen Mann. **Ich werde im Keller begraben von dem Mann, der mich vielleicht nicht hätte retten können, und dem Mann, der mich wahrscheinlich fast umgebracht hätte. Ich werde in dem Alter, in dem ich gestorben bin, in einer viereckigen Videokassette konserviert und immer wieder von neuem ermordet.**

Ist es denn wirklich besser, dass ich nicht umgebracht wurde?

08 EAT THAT SHIT

Shin liegt auf einem schmuddeligen Podest. Vielleicht war das früher mal ein Bett, aber davon ist jetzt nichts mehr zu sehen. Ich kremple Shins T-Shirt hoch. Sein spindeldürrer Körper, bei dem man jede Rippe sehen kann, ist schneeweiß. Vorsichtig taste ich mit beiden Händen seinen Oberkörper ab.

»Ein geiler Bock bist du, du **bitch.**«

»Ich habe bestimmt schönere Haut als die meisten Frauen.«

»Ich werde dir einen Knutschfleck machen.«

»Meinetwegen, aber dann läster nicht über Satoru. Du bist doch genau wie er.«

Ich ziehe Shin in meine Arme und sauge laut knutschend und mit voller Kraft an seinem schneeweißen Hals. Ich reibe meine Zunge an seiner Haut und lasse ihn meine Zähne spüren.

»Au!«

Ich mache ein Polaroidfoto von seinem Hals. Shins weißer Hals tritt schwebend hervor. Die roten Spuren meiner Zähne sind deutlich auf dem Bild zu erkennen.

Shin sagte lachend:

»Du bist schlimmer als Satoru. Ein perverser Schwuler.«

»Wusstest du das nicht?«

Langsam gehe ich auf Shin zu und gebe ihm mit voller Kraft eine Ohrfeige auf seine süße rote Wange. Shin, der kleiner ist als ich, fliegt durch die Gegend und schlägt mit dem Kopf an die Wand. Das lässt mich erschaudern. Ich kann das Krachen seines Kopfes gegen die Wand richtig spüren

»Du bist wirklich süß.«

»**Yo lo prefiero.**« Shin reibt sich den Hinterkopf. Er wirkt vergnügt. Ich stecke die Polaroid in die Arschtasche meiner Jeans. »Wo ist Shu?«

»Der kommt nicht.« Ich kippe Shins Skateboard mit dem Fuß um und stelle es wieder auf die Rollen. »Dein Skateboard...«

Shin zieht sein rotes T-Shirt aus, auf dem so etwas wie ein Graffity steht.

»Ach ja.«

Shin zeigt auf das Skateboard.

»Was denn? Kann ich das haben?«

»Hab ich mir gerade erst gekauft. Na gut, meinetwegen.«

Ein brandneues Ersatzskateboard macht mir ziemlich gute Laune. Ein echter Gewinn. Was wird Shu dazu sagen? Wo er doch findet, dass mein **skating** anormal ist. Was wird er wohl sagen, wenn er mich mit Shins Board fahren sieht? Wahrscheinlich würde er sagen 'superanormal'. Ist doch aufregend, nicht wahr, Shu?

Vor einer Stunde habe ich ihn angerufen, um ihn zu fragen, ob er nun kommt, oder nicht. Als ich sagte: »Heute tue ich es«, blieb er stumm. Hat wohl Schiss gekriegt. Und dann hat er noch gesagt:

»Ich werde niemanden töten und niemand wird mich töten!«

Das waren seine Worte.

»Takashi, lass uns Musik hören. Ein bisschen BGM.« Shin, der mein Mordopfer wird, streckt seinen schneeweißen Oberarme von sich und gähnt. »Takashi.«

»Ist ja schon gut. Oh, du hast ja sogar einen Ghettoblaster mitgebracht.«

»Da in der Tüte sind ganz viele CDs.«

»Das sind ja total viele. Mann, die muss ich nachher schleppen.«

»Egal. Ich hab die extra ausgesucht. Ist schließlich mein Requiem.«

Shins Lippen, die das Wort 'Requiem' aussprechen, erregen mich plötzlich, es ist wie ein Reflex. Seine trockenen rosa Lippen und seine großen, verführerischen Augen machen mich voll an. Es macht mich genau so an, wie vor einer geilen Frau zu stehen, und mir vorzustellen, wie ich es gleich mit ihr treiben werde. Ich lege meine Arme um Shins Hals und presse meine Lippen auf seine. So, wie ich es mit einer Frau machen würde. Shin passt sich meinen Bewegungen an. Der Gedanke an Satoru turnt mich ab, aber für Shin ist es sein letzter Kuss. Das muss ein geiler Kuss werden. Ich stecke meine Zunge tief rein und drehe sie in seinem Mund rum wie einen Quirl.

»Voll krass! Ich bin noch nie so hart geworden.«

Als ich meine Lippen von seinen löse, hat Shin noch immer ganz rote Wangen und fasst sich zwischen die Beine. Ziemlich sexy. Ich sehe mir das ungerührt an und treffe die nötigen Vorbereitungen für das, was ich vorhabe. Ich habe zu tun.

»Ich bin wohl doch nur Abfall, oder?«

Ich hole mein **survival knife** raus und wische es an Shins T-Shirt, das er ausgezogen hat, blank. Beim Anblick des roten Stoffs denke ich an das Blut, das bald daran kleben wird. Nicht schlecht. Ich ignoriere Shins Weichei-Frage erst mal und antworte ihm nach ein paar Minuten.

»Fast alles auf dieser Welt ist doch Abfall.«

Dieses Messer habe ich schon ewig, aber jetzt gleich werde ich es zum ersten Mal benutzen. Wenn es drüben mal Ärger gab habe ich es nie benutzt, und hier gibts ja keine richtigen Kämpfe. Ich hatte es mal in einem Magazin entdeckt, das bei meinem Alten rumlag. Eine Art **mail order**-Katalog. Dann habe ich es mir zu meinem vierzehnten Geburtstag von meinem Vater gewünscht. Als es zu Hause ankam, sind ein Freund, der gerade da war und ich fast ausgeflippt. Das ist meine schönste Kindheitserinnerung. Und es war sogar ein Geschenk meines Vaters. Er sagte: »Damit kann man einen Menschen in Nullkommanichts erledigen.« Luke Skywalkers Lichtschwert. Shins sinnloses Gelaber geht mir auf die Nerven, aber ich tue so, als würde ich mich ernsthaft weiter mit ihm unterhalten.

»Und selbst wenn du nur Abfall wärst, hätte niemand das Recht, irgendwas gegen dich zu sagen. Mach dir keine Sorgen. Außerdem sind sowieso fast alle Abfall.«

Ich drücke sacht meinen Finger auf das glänzende Messer. Es sieht aus, als würde das ganze Zimmer in der Schneide des Messers widergespiegelt. Auf meiner Fingerkuppe erscheint ein roter Strich.

»Ach so, die CDs. Habe ich ganz vergessen.« Vorsichtig schiebe ich das Messer in die Scheide zurück, greife mir die Tüte und trage sie zu Shin rüber. »Was willst du hören?«

»Hm, ich mag alle, die hier drin sind. Such dir ruhig was aus.«

Ich gucke in die Tüte. Shu, dieser alte Klugscheißer,

er würde es bestimmt so beschreiben: da drin findet man in komprimierter Form das ganze Schrottleben von Shin. Das, was er leider zu seiner Identität gemacht hat: siebzehn Jahre Drogen, Sex und Masochismus.

»Um mal mit Shus Worten zu reden und so rum zu analysieren wie er das immer tut: die CDs sind die Katharsis des von MTV gelieferten glatten Skeletts. Und die gleicht nicht der Sonne in meiner Vorstellung, im staubigen wilden Mexiko.«

Shin verzieht den rechten Mundwinkel zu einem Lachen.

»Das hört sich ganz schön klug an, wenn du so was sagst.«

Ich fahre fort:

»Ist doch Tatsache, dass wir weder eine Geschichte noch Landesgrenzen haben. Es ist nämlich egal wo wir sind: wir fahren Skateboard, schmeißen Trips und glotzen MTV.«

Shin sagt auch was:

»Sind wir nur lauter unidentifizierbare **aliens**? Ohne **background**? Vielleicht ist gerade das unser **background**? Ist wohl so. Ich hab da so eine Ahnung, dass ich nicht schaffe, meiner eigenen Geschichte zu begegnen. Ich kann mir überhaupt nicht vorstellen, vierzig zu werden. Ich hab die Schnauze voll davon, so leer und gelangweilt weiterzuleben.«

»Nein, wir haben alle die gleichen, anonymen Gesichter, sind gleich angezogen, aber einen Unterschied gibt es doch: bei manchen steht mit einem Marker groß `**KILL**` auf dem Gesicht geschrieben, bei anderen `**DEAD**`.«

Das ist witzig. Ich lache los. Shin lässt sich anstecken und lacht mit. Er plappert viel mehr als sonst. Übrigens, was zu meiner Stimmung jetzt am besten passen würde, wäre radikaler Rap oder **crazy** Trance. Eigentlich interessiert mich Musik nicht besonders. Wirklich abfahren kann ich nur aufs Boarden und auf so reale Dinge wie das hier. Ich liebe es, mit dem Board Kratzer in den Beton zu fahren – und es ist völlig egal, ob ich mir dabei die Knie, den Kopf oder sonst was einschlage.

»Ich will zerstören, will deinen Körper zerschlagen.«

»Hä?«

Das mit den CDs nervt. Ich werde es einfach sein lassen. Mir fällt was Besseres ein. Ich kann nicht anders als schmunzeln. Ich hole das Handy aus meiner Tasche und wähle. **Calling –**

active.

Wen rufe ich wohl an?

Wen wohl?

»Yo.«

Ich antworte nicht und reiche das Handy schweigend an Shin weiter. Er sieht überrascht aus und zieht fragend die Achseln hoch, ich sage nichts, ziehe das Messer wieder aus der Scheide und fange an, es zu polieren.

Schweigen.

»Wer ist dran?«

Shin hat wohl Schiss gekriegt. Zu erst schweigt er und öffnet den Mund ein wenig. Denkt er, es wäre Satoru? Tut mir leid, aber der ist mir noch nicht mal im Traum eingefallen. Null Interesse. Obwohl das vielleicht auch ganz witzig gewesen wäre. Shin lacht vergnügt. Diese **bitch**. Er ist echt ein Exhibitionist. Ich reiße ihm das Handy wieder aus der Hand.

»Shu?«

Shu seufzt. Es klingt so, als würde er gerade an eine **pussy** denken.

»Takashi, was hast du vor?«

»Du hast doch gesagt, du kommst nicht. Ich bin jetzt mit Shin alleine.«

Dabei hätte ich gerne gehabt, dass du die Sache auf Video aufnimmst. Dann könnten wir uns das immer wieder ansehen und wir würden Shin nie vergessen. Oder die billigere Variante: der brave kleine Shu soll anstelle der Videokamera alles aufnehmen.

»Gib mir mal Shin«, sagt er in diesem frechen Be-

fehlston.

Ich rege mich nicht auf, sondern gebe das Handy brav an Shin weiter.

Takashi gibt mir das Handy. Das ist wahrscheinlich das letzte Mal, dass ich mit Shu rede. Wahrscheinlich? Es gibt kein `wahrscheinlich` mehr. Bei diesem Gedanken läuft es mir kalt über den Rücken. Der Moment, wenn der **roller-coaster** auf den höchsten Bogen empor steigt, bevor die Wagen in die Tiefe rauschen. Ich halte das Handy fester.

»**What's up?**«

»Shin?«

Shus Stimme in meinen Ohren klingt heute besonders sexy.

»Ja.«

»Was tust du da?«

»Wie, was tue ich?«

»Warum tust du das? Du bist doch nur Takashi in die Falle gegangen. Er zieht das durch, der wird dich wirklich umbringen!«

Shu klingt ungewöhnlich ernsthaft.

»Kann schon sein.«

»Noch kannst du abhauen. Wenn es dir nicht hundertprozentig Ernst ist, hau ab!«

»Aber...«

»Was soll das, wieso willst du überhaupt sterben?!«

»Wieso...?«

»Hör gut zu, Shin«, Shus Stimme wird etwas tiefer, »du wirst wirklich sterben! Es wird keine zweite Chance geben.«

Er hat Recht. Es gibt keine zweite Chance. Aber ich kann mir dieses 'ES IST VORBEI. SCHLUSS, AUS' überhaupt nicht vorstellen. Kann ich nicht.

»Ich weiß nicht, was sterben bedeutet. Eigentlich glaube ich, dass es noch irgendwie weiter geht.«

Es ist nicht so, dass ich unbedingt sterben will. Aber Takashi sagt, das in jedem Spiel immer ein Pik-As versteckt ist. Ich kann die Karte spielen obwohl ich es nicht muss, und damit bluffen. Bluffen? Vielleicht bleibt das Spiel unentschieden, denn diese Karte ist die **death card**, die Soldaten in Vietnam auf die Körper ihrer toten Gegner gelegt haben.

»Bitte tu es nicht.« Shus Stimme wird immer leiser, ich presse das Handy stärker ans Ohr. »Hör zu, was du da vorhast, ist weder cool noch sonst irgendwas.«

Das bringt mich zum Lachen. Takashi, der nach vorne gebeugt das Messer poliert, dreht sich um und grinst ein 'was?' rüber zu mir.

»Er sagt, das hier wäre weder cool noch sonst irgendwas.« Takashi grinst immer vergnügter. »Was strengst du dich denn so an, Shu?« Shu sagt irgendwas. Ich kann ihn nur ganz schlecht verstehen, vielleicht ist die Übertragung so schlecht. »Was?«

»Du sollst nicht sterben! Was Takashi da erzählt, ist totaler **bullshit!**«

Ohne zu antworten, gebe ich das Handy an Takashi weiter. Takashi streckt seinen Arm aus, mit seiner linken Hand packt er meinen Arm, mit der Rechten reißt er mir das Handy aus der Hand. **Bye, bye**, Shu.

»Time's up.«

Shins Arm ist so dünn, das ich ihn fast mit den Fingern umfassen kann. Ich spüre seine Knochen und greife fester zu. Ich packe Shins Arm und halte das Handy an mein Ohr.

»Shu?«

»Sag schon! Wo seid ihr?«

Ich gucke mich im Zimmer um. Wir sind in der Ruine eines Love-Hotels am Stadtrand, in der Nähe von Shin. Das soll schon lange so herumstehen, habe ich gehört. Die billige Tapete ist mit roher Gewalt von den Wänden gerissen, dahinter guckt Beton hervor. Die Fensterrahmen sind verfault und der Boden ist ein unidentifzierbares Durcheinander aus Müll. Man munkelt, dass es hier spukt. Ein gruseliger Ort. Fast niemand traut sich hier hin. Unter der schiefen Decke nur ich, Shin und das Skateboard. Ich halte noch immer Shins Arm. Sein Arm ist wie eine Antenne. Ich will, dass Shins Unsicherheit und üble Vorahnungen

durch mich hindurch gehen und Shu anstecken. Durch das Handy. Die Luft ist voller Spannung. In meinem Rucksack mein Werkzeug, das Messer in meiner Hand. Cool.

»Willst du das wirklich durchziehn?«

»Hör gut zu. Ich werde das Handy nicht ausschalten. Hör einfach zu, bis zum Ende.«

»Findest du das toll, einen Trottel wie Shin übers Ohr zu hauen?«

»Ach, und wer hat diesem Trottel gerade ernsthaft einen Vortrag gehalten?«

»Glaubst du nicht, dass ich dich verpfeifen könnte?«

»Denkst du denn, ich ziehe das wirklich durch?«

»...«

»Du kannst mich nicht verpfeifen, das packst du einfach nicht. Also, ich leg nicht auf.«

Ich lege das Handy eingeschaltet auf Shins Ghettoblaster. Shins Arm lasse ich auch los. Die roten Abdrücke meiner Finger sind deutlich zu sehen. Musik kann ich hier wirklich keine gebrauchen. Ich muss dafür sorgen, dass Shu gut mithören kann. Vor lauter Glück muss ich loslachen. Ah, Shu hört das live mit! Das wird ein toller Mord. Viel besser, als sich heimlich zu Hause ein Video anzugucken, auf dem ein Junge in irgendeinem Keller umgebracht wird. Mein Alter würde es nie packen, so was wirklich zu tun. Nur Mama und ich schaffen es, mit eigenen Händen ein Leben auszulöschen. Ich summe vor mich hin, während ich Shin auf dem Bett festbinde.

»Yo, sitzen die Fesseln richtig eng?« Shin wirkt nervös und nickt. Das erregt ihn bestimmt. »Ich hab ein Problem; ich fände es viel geiler, wenn du blond wärst.« Ich hole ein Büschel blonder Haare aus meinem Rucksack. »Frag mich bloß nicht, wo ich die gekauft habe!«

»Eine Perücke? Soll ich die aufsetzen?«

»Ja. Ist doch okay, oder?«

»Na ja. Das ist aber ein bisschen wie ein altes Ehepaar, das sich aufgeilen will. Trotzdem, Takashi, du bist ein Genie. Die Idee mit dem Handy ist irre.«

Shin wirft einen flüchtigen Blick auf das Handy, das auf dem Ghettoblaster liegt und windet sich vor Lachen. Ich setze ihm die Perücke auf.

»Echt süß. Du bist nicht mehr Shin, du siehst aus wie der Junge auf dem Video. Süß.«

Ich will durchdrehen. Ich atme tief durch. Und dann sende ich meine negative Energie, die elektrische Strahlung des Fluchs in die Welt hinaus.

»Shu, hörst du? Los, zähl mit:

READY
SET
GO«

Ich halte das Messer probehalber an Shins weißen Hals. Die glänzende Messerspitze an seiner bleichen Kehle. Ganz schön sexy.

»Ist schon komisch. Mein Traum geht wirklich in Erfüllung. Dass ich dich endlich wieder sehe.«

»Wieder sehe?«

»Genau. Du bist doch der Junge aus dem Video...?« Ich muss ausprobieren, wie gut das Messer wirklich schneidet. Ich streiche zart über Shins weiße, knochige Brust und seinen Bauch, der sich beim Ausatmen nach innen wölbt. »Es wird ein bisschen wehtun. Keine Drogen, das war die Abmachung.«

»Ich werde mich zusammenreißen.«

Klar wirst du das. Ich male auf Shins Bauch vorsichtig ein Hakenkreuz. Die Schneide ist superscharf... schon von diesem leichten Einritzen quillt das Blut aus der Haut. Shin beißt die Lippen aufeinander und erträgt den Schmerz... oder vielleicht erträgt er auch seine Lust. Ich bin kein Neonazi, ich denke weder, der Holocaust wäre cool, noch bin ich ein Teufelsanbeter, der auf Death Rock steht. Ich will nur aus dieser Sache, die ich gleich tun werde, ein Ritual machen. Für Shin. Für mich ist es natürlich etwas anderes. Ich glaube nur, dass Shin das toller findet und dann auch den Schmerz besser aushalten kann.

»Wow, das sieht gut aus. Was ist das?«

»Ein Hakenkreuz. Es ist für dich.« Das rote Zauberzeichen schwebt auf Shins weißer Haut. »Ich fange an. Pass gut auf.«

Ich wische ein wenig von dem hervorquellenden Blut mit meinem Finger auf und lecke es ab. Der Geschmack von Eisen... der Geschmack von Blut. Shin sieht aus, als wäre er voll auf Drogen, er hat seinen Mund halb geöffnet und seine Augen sind feucht. Ich wische noch mit meinem Finger durch das Blut, diesmal halte ich den Finger an Shins Mund. Er steckt seine feuchte, glänzende Zunge heraus und schleckt mir das Blut vom Finger. Mist, die Jeans fangen vorne an sich zu spannen. Dieser Kerl ist eine echte **bitch**. Es macht ihn total geil, was ich mit ihm tue.

»Du bist total sexy.«

»**Muchas gracias.**«

»Ich würde dich am liebsten ficken.«

Die Seelen der Kopfjäger auf Neu Guinea kommen von weit her auf mich zugeflogen und ergreifen Besitz von meiner Seele. Mein Innerstes brodelt, es verlangt nach dem Blut eines Menschenopfers. Ich werde meinen ganzen Körper in Blut tauchen. Ich will Blut. Ich bin ein Vampir. Ein Dämon aus verwunschener Vorzeit. Ich hebe das Schwert hoch und versetze dem Menschenopfer den ersten schweren Hieb. Ich brauche viel Blut, daher muss ich ihm viele Wunden...

09 What sphinx of cement and aluminum...

Zitternd halte ich das Handy fest. Die Stimme, die aus dem Handy kommt, hat nichts mehr mit den Stimmen all der Leute zu tun, die ich kenne. Ich kann mich vor Grauen nicht bewegen. Ich rolle mich auf dem Bett zusammen wie ein Embryo und halte das Handy ganz fest. Hör auf, Takashi. Was du sagst, ist alles **bullshit**!! Es ist alles Lüge, **bullshit!!! Please, please,**
shut uuuup, shut uup, shuttaaa fuckaaaap!!!

»AAAAAAaaaaaAWWWWWWAWAaw-waaaaaa, NoooOOooNnoo!!«
»Doooonn'tttttt,... no, no ohhhOH!!!«
»Doooooonnnnnnnnt!!!«

»Ha ha ha...«

Mir fällt was Komisches auf.

»Shin, redest du Englisch? Das ist kein Spanisch! Das ist doch Englisch!« Versucht er etwa, **mit Shu zu reden?** Ruft er um Hilfe? »**Yo no hablo ingles, puedo ayudar ustedes.**«

Ich habe sein Ohr abgeschnitten. Die Sehnen zu durchtrennen war ziemlich schwer. Als es halb ab war, heulte

Shin noch lauter. Bis eben war er noch erregt und hatte ein rotes Gesicht, aber jetzt ist er ganz blass. Von einer Seite seines leichenblassen Gesichtes tropft eine Menge Blut. Das Blut fließt nicht so gleichmäßig wie man es sich vorstellt. Ab und zu spritzt es stärker hervor, so als hätte sich eine Verstopfung gelöst. Ich schaue entzückt zu. Das abgetrennte Ohr in meiner Hand ist ganz plötzlich abgekühlt. Die Schnittstelle so gerade wie ein Scherenschnitt. Was für eine komische Form. So was hat man also am Kopf. Ich taste mit der Hand, in der ich das Messer halte, nach meinem eigenen Ohr. Als ich die Handfläche an mein Ohr halte, kriege ich ein wenig Ohrensausen. Der Ton wird immer eindringlicher. Ich wische das Blut ab, das auf meinen Mundwinkel gespritzt ist, aber weil meine Hände sowieso schon ganz blutverschmiert sind, kommt es mir vor, als würde ich das Blut nur kosten. Das bringt mich zum Lachen. Es ist superkomisch. Doch in meinem Hinterkopf fühle ich einen eiskalten Stich. Hinter dem Ohrensausen höre ich wieder Shins Schreie.

»Schreist du immer noch auf Englisch? Oder auf Spanisch?«

Sind die Schreie japanischer Kids, die im Ausland aufwachsen, anders als die normaler Japaner? Wie unterscheiden sich die Schreie der heimgekehrten Kids von denen der **native**? Ich versuche mich zu konzentrieren, um es herauszuhören... – da, solche merkwürdigen Laute gibt es im Japanischen nicht:

»Kiiiii–...kiii iii...«

Wie bescheuert. Das kommt super, ha, ha, ha, ich kann gar nicht aufhören zu lachen, mir laufen Rotz und Tränen gleichzeitig übers Gesicht, sie sind knallrot. Zu spät, ich werde vor Lachen sterben.

»Kiki, kaka, kuku, keke!!! Hahaha, hahaha, hahaha!!!«

Ich krieg mich gar nicht mehr ein.

Ich sehe Takashi vor meinen Augen. Und Shin. Shin, der von Takashi umgebracht wird. Takashis rotes, lachendes Gesicht sieht ganz kindlich aus – wie damals, von seinen Haaren tropft Blut auf die Wangen. Die Tropfen rollen über die Wangen, auf die Lippen hinunter, und mit weit geöffneten, boshaften Augen schlabbert er das Blut mit der Zunge auf. Ein Monster. Er züngelt mit seiner Schlangenzunge. Seine Augen leuchten gelb.

Angst, ich habe Angst, habe Angst, mir wird schwarz vor Augen, hinter dem Handy steigen Takashi und Shin auf. Ich fühle, wie der von Takashi ausgetriebene Shin in meinen Körper kriecht.

»Es gibt so vieles, was ich gerne mal machen würde...«

Ich fahre mit meinen blutigen Händen in meinem Gesicht

herum. Shins Schreie übertönen meine Stimme. Er ist wahrscheinlich verrückt geworden. Das nervt. Ich trete sein Skateboard, das an der Wand lehnt, weg. Weil ich immer noch genervt bin, knebele ich ihn mit Klebeband. Als ich seine Haare packe und sein Kinn herunterdrücke, zerkratze ich aus Versehen seine Haut mit meinen Fingernägeln. Das fühlt sich so gut an unter den Nägeln, dass ich sein hübsches Gesicht noch heftiger zerkratze.

»Wenn ich deine Beine mit einem Metallhammer zertrümmere, ob dann deine Knochen auch zermalmt werden?« Ich öffne den Werkzeugkasten und nehme den Hammer raus.

»Vielleicht werden deine Beine so gummrig wie Quallen. Was meinst du?«

Das Geschrei, ist das eine Vogelstimme? Passiert das alles wirklich? Vielleicht ist dieses Handy ja nirgendwohin verbunden. Trotzdem habe ich Angst. Das Monster spricht weiter. Ich verkrieche mich in mein Bett unter die Decke. Wenn ich es schaffe, mich in den Falten der Bettdecke so zu tarnen, dass ich eine anorganische Substanz werde, dann wird die Verbindung nach drüben bestimmt unterbrochen. Das ist der einzige Fluchtweg, den ich theoretisch habe. Was denke ich noch? Ich bete, dass er mich nicht wahrnimmt. Dass er mich nicht bemerkt. Brechreiz steigt meine Kehle hoch. Dieses Gefühl steigt mächtig und

schnell in der Mitte meines Körpers auf. Deswegen habe ich auch rasende Kopfschmerzen. Ich kann kaum atmen.

Während ich vor mich hin summe, schlage ich mit dem Hammer zu. Ich zertrümmere seine Beine. Es wäre doch nett, wenn jetzt Sternchen oder so was erschienen, wie in einem Manga. Ich weiß nicht wie lange man schlagen muss, um Beine in eine Qualle zu verwandeln. Shins nackte Beine sind dünn und weiß. Er hat feine braune Haare auf seinen Unterschenkeln. Aber je mehr ich zuschlage, desto mehr verfärben sich seine Beine schwarz-rot. An manchen Stellen sogar schon grün. Obwohl Shin so fest gefesselt ist, dass er sich eigentlich nicht bewegen dürfte, schafft er es, sich schwach hin und her zu winden. Der menschliche Körper ist doch erstaunlich flexibel. Das Ohrensausen wird wahnsinnig laut. Ich höre überhaupt nichts mehr.

»Ich habe schon immer davon geträumt, so etwas wirklich zu tun.«

Ich lege den Hammer hin und knete seine Beine, um zu sehen, ob sie schon weich geworden sind. Meine Hände sind taub, weil ich mit voller Kraft zugeschlagen habe. Und meine Handflächen sind auch knallrot. Shins Beine fühlen sich ganz fest an, so stark sind sie angeschwollen. Diese früher so dünnen Beine sehen jetzt aus wie Elefantentreter. Anders, als ich es mir vorgestellt hatte. Ich nehme eine Zange in die Hand und knie mich neben Shin. Als wollte ich einer Prinzessin die Hand küssen oder dem Prinzchen die Fingernägel schneiden. Ich greife seine linke Hand. Er liegt vor mir. Ich klemme seinen Zeigefinger in die Zange und spähe dabei in sein Gesicht. Aus Shins verdrehten Augen laufen Tränen herab.

»Ich habe immer geglaubt, dass ich zu so etwas fähig bin.«

Ich kneife mit der Zange fest zu und drehe meine Hand. Dabei spüre ich den Widerstand im Fingergelenk und drücke noch kräftiger zu. Shin windet sich mit ungeheurer Kraft. Diesen Widerstand bringt mir ein echter Mensch entgegen. Wirklich irre. Mit dem Geräusch eines brechenden Zweiges verbiegt sein Finger sich ganz unnatürlich.

»Ist schon irre. Ich kann die Natur verändern. Das ist es wohl, was man **supernatural** nennt. Ich wusste die ganze Zeit, schon als ich klein war, dass ich nicht so ein erbärmlicher Perverser bin wie mein Alter. Seine Videos sind doch Scheiße. Hey, es ist was total anderes, ob man sich etwas nur anguckt oder wirklich selber tut. Findest du nicht auch?«

Ich spreche sowohl zu Shu, als auch zu Shin. Ob Shu schon das Gefühl hat, Shin mit mir zusammen zu quälen? Vielleicht empfindet er es aber auch eher so, als würde er gequält.

»Shin, es ist schon zu spät. Wenn du solche Angst hast, wird es nur noch schlimmer.«

Der Zeigefinger.

»Du hättest früher was sagen sollen, wenn du das alles nicht gewollt hast. Du hättest dir denken können, dass es so weh tut.«

Shin reagiert gar nicht mehr. Seine Mittel- und Ringfinger stehen in merkwürdigen Winkeln ab. Hat er sich an den Schmerz gewöhnt?

»Kannst du nicht ein bisschen tapferer sein?«

Sein kleiner Finger ist so niedlich, dass ich einfach mal reinbeiße. Ich halte ihn mit meinem Eckzahn und versuche, ihn durchzubeißen. Nichts zu machen. Die Haut reißt ein und der sandige Geschmack von Blut sickert in meinen Mund. Ich behalte den Finger zwischen meinen Backenzähnen und breche ihn auf diese Weise. Wenigstens ist der Schmerz diesmal anscheinend anders, denn Shin bewegt sich ein bisschen.

Ich habe genug vom Fingerbrechen. Ich strecke die Beine aus, setze mich wieder hin und zünde mir erst mal eine Zigarette an, um mich auszuruhen.

»Das ist das allerletzte, dass du Shu um Hilfe anbettelst.«

Ich drücke die Zigarette an Shins Mundwinkel aus. Es macht ein brutzelndes Geräusch und für einen Moment steigt Rauch auf. Der Geruch von verbranntem Fleisch.

»Shin, du bist eben nur ein Maulheld.«

Ich greife mir die Zange, die vor mir liegt und zünde die Kippe wieder an. Die Zigarette im Mund, verdrehe ich

Shins Nase mit der Zange. Nach einem kleinen Gefühl des Widerstands reißt das Fleisch. Das rote Fleisch sieht viel frischer aus als alles Frischfleisch, das im Supermarkt herumliegt.

»He, he.«

Eigentlich wollte ich ihm die Beine abschlagen, aber dann entschließe ich mich, noch etwas mit dem flinken Messer zu spielen. Ob ich seinen Penis etwas mit dem Messer quäle? Ich lasse das Messer leicht von den Brustwarzen bis zu seinem Bauchnabel gleiten. Ach so. Was ist eigentlich aus dem Hakenkreuz geworden? Ich setze mich rittlings auf Shin. Aber ich kann es nicht so richtig erkennen, weil Shin sich dauernd hin und her windet und seinen Bauch bewegt. Ich mache eine Bewegung, um Shins Haut glatt zu streichen so wie man ein Laken zu glättet. Ist das nicht sexy? Shin will sich ständig bewegen, während ich versuche, ihn glatt zu streichen.

»Keine Sorge. Du glaubst doch nicht, dass ich dies schon so früh zu Ende bringe? Glaubst du, ich stoße dir dieses Messer in den Bauch und lasse es so enden? Halt still, ich will nur ein bisschen spielen.«

Da hört Shin auf, sich zu bewegen (wenn er wirklich glaubt, er könne sich noch retten, ist er ein Oberidiot, aber vielleicht hat er ja auch schon aufgegeben). Endlich kann ich DAS ROTE SYMBOL untersuchen. Ha, ha... so wie früher bei den Nazis. Das Blut ist getrocknet und der Schorf fällt fast ab. Obwohl ich die Haut nur ganz flach eingeritzt habe, kann man diese Spur noch auf dem Bauch erkennen – wie ein mit rotem Stift gekritzelt. Aber die Linien vermischen sich schon mit dem neuen Blut, das von allen möglichen anderen Stellen darüber geflossen ist und verschwimmen fast. Ich wundere mich ein bisschen und kann nicht an mich halten:

»Hey, ist das nicht mysteriös? Dieses Zeichen und du, ihr habt das gleiche Schicksal. Ihr werdet beide bald ausgelöscht.«

Ich zeichne das SIEGEL mit dem Finger nach. Wie bedauernswert. Es wird bald verschwinden. In meinem Hinterkopf wird es wieder eiskalt. Du wirst bald verschwinden, vergessen werden – gerade deshalb wird man dies immer wiederholen.

Bitte helft mir, ich habe solche Angst, ich werde aufgefressen. Ich habe Angst, Angst, Angst, Angst!

»Shu, der Junge, der in deinem Nachbarhaus ermordet wurde, war das Kind aus dem Video, das wir bei mir geguckt haben. Es war dasselbe Kind, nur ein bisschen älter. Kapierst du das?«

Ich streichele über die blonden Haare, die eigentlich jetzt den toten Kindern gehören. Ich sitze immer noch auf Shin und spüre seinen steinharten Penis an meinem Oberschenkel. Ich streiche seine Schamhaare zur Seite und umfasse seinen Penis mit beiden Händen. Ich denke an Sex. Ich habe Shu bestimmt auch mal gesagt, dass Sex für mich überhaupt nicht wichtig sein kann. Shin war sexy. Ich gebe zu, dass ich ihn ficken wollte, aber soll ich jetzt über ihn herfallen? Jetzt noch? Nein, ich glaube nicht. Ficken ist wie eine Unterhaltung. Man spuckt aus und das war's dann. Ich bin gerade absolut geil, aber es geht hier nicht einfach nur um 'Reinstecken und Abspritzen'.

Reiß dich zusammen. Was ist eigentlich los mit mir? Ich bin doch jetzt in meinem Zimmer. Dieses Stöhnen, das kommt bestimmt nicht von mir. Ich höre das Blut durch meine Adern strömen. Ganz im Rhythmus meiner wirbelnden Gedanken dröhnt der schnelle beat. Dabei entstehen Fragmente, die sich zu geometrischen Mustern anordnen. Trotzdem habe ich Angst. Es hat solche Angst, das Kind in mir, ein kleiner, fünfjähriger Junge, brüllt und dreht völlig durch.

»Aaaah!«

Hilfe, ich kann nicht loslassen, meine Hand klebt am Telefon. Ich kriege sie nicht los!

»Es ist nämlich so: ich werde dir mal was sagen. Du bist schon so oft gestorben. Du wurdest mit sieben Jahren in Amerika in das Haus neben Shu verschleppt und seitdem in

Videos auf der ganzen Welt immer und immer wieder von neuem umgebracht. Und außerdem hast du, um meinen Traum zu erfüllen, um wieder umgebracht zu werden, nochmals Shus Erinnerung heraufbeschworen.«

Was erzählt der denn da? Hat das Monster meinen Namen gerufen?

Ich zittere schrecklich am ganzen Körper. Ich weine schon die ganze Zeit, aber niemand ist da. Es ist niemand da, der mir sagt, dass Takashi lügt. Ich fühle die Kälte nicht. Schweiß läuft mir aus allen Poren. Vor lauter Zittern fangen meine Backenzähne, an zu klappern, obwohl ich sie ganz fest aufeinander presse. Ich habe ganz vergessen, zu atmen. Der Atem kommt stoßweise, wie das Zähneklappern.

Ich glaube, ich werde Shins Finger etwas kürzen. Genauer gesagt, Hände ohne Finger sehen bestimmt niedlich aus.

»Bei Leuten wie euch, deren Leben weder einen richtigen Anfang noch ein richtiges Ende hat, geraten Vergangenheit und Zukunft wahrscheinlich oft durcheinander. Ich hab dich schon so oft sterben sehen.«

Ich überprüfe zunächst die Position von Shins Finger zwischen Tisch und Messer, dann senke ich das Messer langsam, wie einen Hebel. Der Zeigefinger fliegt in einem schönen Bogen runter. Wände und Boden sind knallrot. Der

Finger ließ sich bestimmt so leicht abschneiden, weil ich ihn vorher gebrochen hatte.

»Na, wie findest du das? Deine Vergangenheit verwandelt sich in deine Zukunft. Deine Existenz ist schon ganz zerbrechlich. Äußerst instabil. Du wurdest nämlich nur noch am Leben erhalten, um jetzt hier so zu sterben. Ich überlebe euren Tod.«

Ich trenne um seinen Penis herum Fleisch von seinen Oberschenkeln ab. Das hier kommt mir vor wie ein naturwissenschaftlicher Versuch im Biounterricht. Ich hebe das Fleisch in Augenhöhe und begutachte es. Auf dem blutigen, glitschigen Stück aus Fett und Fleisch sind ein paar weiche Flaumhärchen. Er hat sowieso nur wenig Pigmente ... das durchsichtige Braun seiner Augen sieht auch gar nicht nach einem Mexikaner aus... ach, richtig, er ist ja Japaner. Als ich das Weiße in seinen Augen betrachte, das ganz blutunterlaufen ist, fällt mir plötzlich etwas ein: ein Lehrer hat mal was Bescheuertes gesagt über eine Gleichung ohne Lösung, die alles verschlingt, oder über die nicht zustande kommende Auflösung oder so was. Es hat mich ziemlich beschäftigt damals, deswegen weiß ich es immer noch. Ich glaube, er sagte, die Dinge auf dieser Welt, von denen man behauptet, sie seien 'zählbar', seien eigentlich total gefährdet... in allem seien unsichtbare Löcher, in denen etwas existiert, was man von dieser Seite aus nicht erkennen kann... etwas. Der Teufel? Oder Gott? Vielleicht die ganzen

Kinder, die bei der ganzen Zählerei vergessen wurden... genau, ich habe sie damals im Computer des Physikraums gesehen, die Fraktale.

Die bösen Fraktale, wie das böse Blut in meinem Körper...

»Hältst du es für ein Unglück, was dir jetzt passiert? Willst du nicht auf diese Weise enden? Dann hast du überhaupt nichts kapiert. Denk doch nur mal an die imaginären Zahlen.«

Ich kann den Knochen sehen. Ich versuche, meinen Finger in die ausgehöhlte Schnittwunde zu stecken... Es ist heiß da drin. Mich überläuft ein Schauer.

»Ich würde das niemals tun, wenn du nicht gewollt hättest. Du wolltest doch wirklich von mir umgebracht werden. Ich habe es gleich gewusst. Ich habe dich schon so oft in meiner Nähe sterben sehen. Aber dieses Mal wird es noch schöner.«

Ich streichle den kleinen, in das Nylonseil eingewickelten Blonden zärtlich. Wie niedlich.

»Endlich wirst du durch meine Hand sterben.«

Ich rücke ein wenig zurecht und küsse das SIEGEL auf Shins Körper. Dann flüstere ich ihm zu:

»Was glaubst du, wieso es immer so läuft? Warum kommt ihr immer wieder zurück?«

Ich ziele und setze das Messer auf die Mitte des Hakenkreuzes. Jetzt muss es noch tiefer werden. Ich muss die vier

Linien, die vom Zentrum ausgehen, ganz tief hineinkerben. Blut spritzt heraus. Ich bin zwar kein Christ, aber ich fühle mich, als würde Weihwasser über mein Gesicht fließen. Wunderbar. Großartig ... aaah, ich lebe wieder auf.

»Für Leute wie mich kommt ihr nämlich immer wieder zurück. Ihr werdet von jemandem wie mir getötet, damit ihr unsere Liebe spüren könnt.«

Ich glaube absolut an die Liebe. Im Ernst. Ganz im **E.r.n.s.t.**! Shin wird von einem starken Krampf geschüttelt, das Klebeband verschiebt sich etwas und aus der Spalte quillt jede Menge Blut.

Takashi hat mir die Haut vollständig vom ganzen Körper abgezogen. Trotzdem kann ich nicht ein Ohnmacht fallen. Und ich kann auch nicht schreien. Wie das Kind auf der anderen Seite des Telefons. Die nackte Seele wird von seinen Zähnen zermalmt. Der rothaarige Takashi hat mich, genau wie ich befürchtet hatte, ins Unglück gestürzt. Ich rufe lautlos um Hilfe und kann mich nur übergeben. Obwohl ich mich so sehr fürchte, schaffe ich es nicht, das Telefon von meiner Hand zu lösen.

Bittetetetetelasslassesesesesesaufhööööörenbitteeeeneiiiiin!

»Ich weiß schon...«

Ich rühre noch mehr mit den Messer in seinem Bauch rum. Das ist ganz einfach, weil ich auf ihm sitze. Oh je, ich habe es übertrieben, jetzt sieht es aus wie Gehacktes. Aber Shin lebt immer noch. Wahrscheinlich jedenfalls. Seine Augen bleiben verdreht, so dass ich nur das Weiße sehe, aber seine Kehle bewegt sich noch.

»Ich wusste es schon, dass ich derjenige war, der dich in Amerika umgebracht hat. Der dich im Video umgebracht hat, das war auch ich. Ich war es. Er sah zwar nicht so aus wie ich, aber trotzdem... das war ich.«

Ich versuche, meine Hand in seinen Bauch zu stecken....

»Das war ich.«

Aus Shins Kehle kommt nun ein gurgelndes Geräusch wegen des vielen Blutes, das aus ihm rausquellen will. Blubb, blubb, wie Abwasser in einem verstopften Abflussrohr. Ich muss dem Blut hinaus helfen. Ich muss Jack the Ripper spielen. Schau, ich halte seine Stirn fest und setze die Schneide kurz unter dem Adamsapfel an. Wahnsinn, hey! Ah, ich zertrenne mit einem Schnitt die Luftröhre. Das Blut spritzt mit unglaublicher Kraft wie aus einer Dusche heraus.

Wahnsinn.

Wahnsinn, Wahnsinn, grandios!!

Ich bade meinen ganzen Körper in Blut. Ich werde gereinigt. Ich schreie.

10 YOU LOVE US

»JESUS FUCKIN´ CHRIST!!! ICH HABS GESCHAFFT! SUPER!«

Euch werde ich es schon noch zeigen. Ich greife in die klaffende Schnittwunde, packe mit der linken Hand Shins Luftröhre, die immer noch ununterbrochen Blut herausschleudert und ziehe mit aller Kraft. Aber nichts passiert. Es ist alles viel zu schlüpfrig und so einfach kriegt man einen Kopf auch nicht ab. Ich nehme mir die kleine Motorsäge, die ich extra für diese Gelegenheit gekauft habe. Ich schalte sie ein. Mit erschreckender Kraft greift dieses grausame Ding Shins zerschundenen Körper an. Bevor ich den Rückschlag spüre, ist Shins Körper auch schon zerteilt. Ich setze die Säge ab und sehe mir an, was ich angerichtet habe. Tief in meinem Kopf fühle ich ein Stechen. In meinem Kopf tauchen Worte auf, die sich ständig wiederholen. Ein **loop**. Bilder. Farben.

Ich weine, von allen möglichen Körperflüssigkeiten besudelt.

Mein Kopf ist wie elektrisiert. Worte reihen sich zu einem regelmäßigen Rhythmus aneinander. Der Nachklang des

Entzückens durchflutet mich in Wellen. Die Worte formen einen **loop**...

Ein kopfloser Körper – ein körperloser Kopf – ein seelenloser Körper – ein leeres Gefäß – eine körperlose Seele – ein verschwundenes Kind – ein zurückgekommenes Kind – die Möbiusschleife, eine unendliche Verfolgungsjagd.

Ich stelle Shins heruntergefallenen Kopf (ganz wabbelig und verzerrt – schon ist jede Spur seines niedlichen Ebenbilds ausgelöscht, doch ich hasse ihn nicht) auf ein Tischchen neben dem Podest, auf dem sein kopflose Leiche liegt (ein tischähnliches Ding, ich habe auch ordentlich den Staub abgewischt). Dann befreie ich seine vielfach gefesselten Arme und Beine. Sorgfältig wische ich das Blut mit einem Handtuch ab. Nachdem ich einen Schluck Mineralwasser getrunken habe, wische ich ihn so gut es geht damit ab. Dann hebe ich die auf den Boden gefallene, staubige blutdurchtränkte Perücke auf.

»So.«

Ich sehe mir die Stelle an, wo ich den Kopf vom Körper abgetrennt habe, wo die niedlichen Knochen herausgucken, betrachte das weich aussehende Fleisch des Schnittes, aus dem immer noch Blut herausströmt. Ich kann mich von diesem Anblick nicht losreißen. Ich schließe die Augen, gehe langsam mit meinem Gesicht näher heran und spüre, wie sich die lauwarme, lebendige Flüssigkeit über meine Wange ergießt. An meiner Nase fühle ich das Fleisch, nun brauche ich nur den Mund ein bisschen zu öffnen, spüre den angenehmen Widerstand des Fleisches an meinen Vorderzähnen,

aaaah... ich beiße einfach hinein. Aaah.

»Aaaah«

Bis jetzt hab ich mich zurückgehalten, nun habe ich eine Grenze überschritten.

»Aah... dieses Häppchen... Scheiße, das ist pure Wollust... stark.«

Mist, das haut mich um.

»Mir wird schwindlig.«

In meinem Kopf geht ein Feuerwerk los. Ungelogen. Ich lüge nämlich nie. Mist, Scheiß auf die Lust; ich glaube nicht an das Lustprinzip, ich bin eher ein Stoiker... ich atme tief durch. Muss mich beruhigen.

Genau, es ist an der Zeit, cool zu werden. Ach, was macht eigentlich mein Kumpel Shu? Falls du nicht richtig hingehört hast, du, **ich fresse dich jetzt!** Ich bücke mich und hebe das Handy auf. Ich kann mich nicht richtig bewegen, mein Körper fühlt sich noch ganz zittrig an. Als ich das Handy an mein Ohr halte, höre ich so was wie Rauschen im Radio. Aber am Rhythmus merke ich, dass es Shus Atem ist. Aah, das turn mich noch mehr an.

»Shu?«

Er sagt nichts. Dabei würde ich mich jetzt gerne unterhalten. Es nervt echt, wenn es nicht so läuft, wie ich will.

Aber weil ich nachsichtig bin, lasse ich ihm die Sache noch mal durchgehn, solange er mir nur zuhört. Es ist wirklich gut, wenn man jemanden hat, mit dem man reden kann. Wir haben jetzt ein Geheimnis, das uns beiden gehört. Genau wie echte Freunde.

»Ich habe ihn gefressen.«

Auf der anderen Seite des Telefons schluchzt Shu. Er sagt nichts, aber er macht Geräusche. Wahrscheinlich weint er. Ich hasse Heulsusen. Ob ich ihm noch mehr Angst einjage?

»Eigentlich war es gar nicht mein Ziel, ihn zu fressen.«

Ich setzte dem kopflosen Ding, das vor mir liegt, die knallrote, blonde Perücke auf. Überhängen ist wohl der bessere Ausdruck dafür. Tief durchatmen, tief durchatmen.

Ganz feierlich. Schließlich ist das ja eine Zeremonie.

»Jetzt gehts erst richtig los. Das war noch gar nichts. Hörst du zu? Weißt du, was das bedeutet? Merk dir das, **ich werde dich fressen**.«

Der Idiot heult echt noch lauter und sagt: »Bitte friss mich nicht.«

»Na gut, ich werde eine Pause machen und dir bei der Gelegenheit mal was erklären.«

Ich öffne eine neue Packung Camel. Ich schnipse auf den Boden der Packung, hole eine raus und zünde sie an. Der Rauch kringelt sich hoch. Ich blase ein paar Rauchringe für die Kinder. Die Ringe weiten sich wabernd aus und zerteilen die Luft. Für mich sieht das aus wie eine Möbiusschleife. Keine Ahnung wieso, aber diese Zigarette schmeckt unheimlich gut.

»Es ist nämlich so«, beginne ich meine Erklärung, »bis gerade eben habe ich 'Shin' getötet. Nicht die Kinder, die vom Schicksal dazu bestimmt sind, umgebracht zu werden. Ich habe bis mittendrin, nein, um die Wahrheit zu sagen, fast bis zum Schluss geglaubt, es würde Sinn machen, Shin umzubringen. Aber das war wohl ein Riesenirrtum, glaubst du nicht auch? Shin war für mich nämlich nur irgend so ein Idiot. Und auch du, Shu, wie hast du eigentlich immer mit ihm geredet? So wie man einem Grundschüler Mathe erklärt. Du hast ihn doch auch für einen Idioten gehalten und dauernd verarscht. Darum musste er sterben. Der wollte nämlich eigentlich nicht sterben. Und schon gar nicht unter solchen Schmerzen. Er war ein Narzisst, voller Selbstmitleid, keiner wie ich, der vom Leben etwas versteht. Wenn sich irgendjemand ernsthaft um Shin gekümmert hätte, wäre er nicht gestorben. Was war mit Satoru? Shin wollte ihn nicht, ihm wäre jemand anderes lieber gewesen. Du zum Beispiel, Shu. Hahaha, was ihn betrifft, war das eine Art Liebeskomödie oder -tragödie, aber bei mir ist das anders. Eher philosophisch... Hat Shin dir erzählt, warum er sterben wollte?

Weil ihm langweilig war? Das ist doch kein Grund, zu sterben! Er ist bloß auf meinen Trick hereingefallen. Ich habe ihn einfach irgendwie überredet, zu sterben. Man brauchte nur kurz seinen Rücken anzutippen, schon ist er in den Abgrund gesprungen.«

Ich blase Rauch aus.

»Natürlich ist es Wahnsinn, einen lebenden Menschen umzubringen, zumal er ja so `ne Art Freund war. Aber seine Seele ist schon durch viele Behältnisse gewandert, eine lange Reihe; das war nicht einfach bloß Shin, sondern auch der Junge aus dem Video, und diese ganzen Kinder, aber innen drin war es immer nur der selbe kleine, einsame Shin. Und wenn nur irgendjemand überzeugend gesagt hätte: 'Du darfst nicht sterben', dann wäre er jetzt auch nicht tot... Darum habe ich noch nicht genug getötet.«

Ich ziehe den Rauch tief ein und blase ihn wieder aus. Ich lebe. Also kann ich töten.

»Ich habe die ganze Zeit diese Kinder gesucht, habe immer darauf gewartet, an den Ort zu kommen, wo sie sind. Ich war die ganze Zeit davon besessen, schon seit ich klein war.«

Verstehst du, Shu? Eine ganz starke Obsession....

»aber ich glaube, es ist ein großes Glück, besessen zu sein.«

Alle suchen immer nach einem tieferen SINN im Leben. Ich kenne den Sinn des Lebens schon. Ich glaube allen Ernstes an die Liebe. Es gibt nichts Großartigeres auf dieser Welt, als von etwas besessen zu sein.

»Ihr habt mich auch gesucht. Das weiß ich doch.«

Aah, Mist, was für ein komisches Gefühl, das ist das erste Mal. Das ist doch...

»Ich liebe euch!«

Jetzt ist es raus. Aah, ich umarme den harten, noch warmen Körper des toten Kindes, ich schmiege meine Wange an seine Brust. Scheiße, ist das abgefahren. Es ist das erste Mal, dass ich das ausspreche. So was habe ich noch nie zu jemandem gesagt. Ich habe auch noch nie eine Frau angelogen, bloß weil ich ficken wollte. Die machen doch sowieso alle gleich die Beine breit, auch ohne dass man ihnen so was sagen muss... Aah, aber dir wollte ich das schon immer sagen. Ich musste es einfach sagen. Ich lasse Shins Körper los und ziehe mein T-Shirt aus. Ursprünglich war es mal weiß, aber jetzt ist es ganz dunkelbraun verfärbt. Das macht nichts. Obwohl es ein Shirt von Stussy ist. Na ja. Egal. Ich drehe es um und will mir das Gesicht damit abwischen, aber es ist klitschnass. Ich schnappe mir das Handtuch und wische mein Gesicht damit ab. Es ist im Nu knallrot von Blut. Wow. Bloß nicht in den Spiegel gucken.

»Kennst du `Carrie`? Das hier ist wie in dem Film, ha, ha, wo auf einer Party alles voller Schweineblut ist.«

Ich lege das Handtuch über den KOPF auf dem Tisch.

»Ich bin ganz schön groß, oder? Mein Körper ist kräftiger geworden. Nachdem Mama gestorben ist, war ich nur `ne halbe Portion, und ich habe nur noch **junk food** gegessen. Aber erwachsen bin ich immer noch nicht.«

Ich will den Gürtel meiner Jeans aufmachen, die von Blut und Sperma ganz verklebt ist, lasse es dann aber doch. Weil ich mich mit nacktem Oberkörper, Jeans und Stiefeln ganz cool finde. Wie diese Calvin-Klein-Werbung von früher. Der Typ damals in der Werbung soll ein echter Junkie gewesen sein.

»Ich will immer ein Kind bleiben.«

Ich nehme die CD aus meinem tragbaren CD-Player heraus. Und schalte Shins Ghettoblaster auf 'on'. Das Handy? Das brauche ich nicht mehr. Ich bin von meinem Geliebten besessen, die anderen sind mir total egal. Ich könnte genauso gut fragen: wer ist überhaupt dieser Shu? Der ist sowieso nur `ne Heulsuse. Ein Wurm, der nichts auf die Reihe kriegt. Der hat es nicht gebacken gekriegt, jemanden umzubringen, sich selbst umbringen zu lassen, oder wenigstens Shin zu retten. Ich schmeiße die CD, die in Shins Ghettoblasterer war, in die Ecke. Weg damit. Ich lege eine meiner CDs ein und drücke auf 'Play' – mein absolutes Lieblingslied.

»Ich hoffe, ihr mögt das Lied.«

Total cool. Wie ein John-Waters-Film. Genauso, echt mal. PINK FLAMINGO, wo Divine mitspielt. Habt ihr den gesehen? Genau, der Film, wo jemand Scheiße frisst. Er muss fast kotzen, frisst aber trotzdem weiter. Hehehe, Klasse. Die Szene, wo er die Hundescheiße aufhebt, ist auch Spitzenklasse. Da fällt mir ein, in dem Film kommt doch dieses perverse Ehepaar vor, das die entführten Mädchen wie Tiere in ihrem Keller hält. Um lesbischen Pärchen Babys zu verkaufen, machen sie ihren Diener zum Samenspender und weil der ein Homo ist, spritzt er den Samen dann mit Hilfe einer Pipette in die **pussy** der Frau. Das ist doch echt Klasse, oder? Sind Keller vielleicht immer solch merkwürdige Orte? Die Nachbarn von Shu haben die Kinder bestimmt auch in ihrem Keller ermordet. Ich weiß das, weil es nämlich für mich geschah. Deshalb ist die Sache ja ans Licht gekommen, damit ich jetzt zum Zug komme. Damit sie einen Zugang zu mir bekommen. Gibt es vielleicht so etwas wie einen Kellerfluch? Eine Art **black magic**. Weil Keller am nächsten zur Hölle liegen. Hm, meine Gedanken klingen ja ziemlich wahnsinnig. Na ja.

»Jeder Keller birgt ein Geheimnis.«

Gab es nicht in einem Ramones-Stück auch mal irgendwas mit **basement** oder so? Ich kann mich nicht mehr erinnern. Ich drücke die Zigarette auf dem KOPF aus. Ich hocke mich neben das Podest und binde die Schnürsenkel meiner Stiefel neu. Die **eight holes** von Doc Martens. Ich trage nämlich nur **eight holes**.

»Hallo ihr Kleinen. Schön, euch kennen zu lernen, ich bin wieder da, gebt mir ein Küsschen.«

Ich küsse ganz sachte den zerfleischten Bauch, in dem ich zu stark mit dem Messer herumgerührt habe. Das macht mich an. **Es fühlt sich total geil an.** Bitte denkt nicht, dass es nur was Sexuelles ist, es ist noch was anderes.

»Danke. Ich muss euch auch begrüßen: willkommen zurück.«

Genau jetzt, zum allerbesten Timing läuft mein Lieblingslied.

I IDOLIZE YOU

»Ich bin ganz hin und weg von dir, kapierst du das? Es ist, wie ich gesagt habe. Das war kein Witz, ich glaube an die Liebe. So, dann fange ich mal an. Ich finde, dass ich echt Glück gehabt habe, dass ich dich wieder umbringen kann. Echtes Glück. **Ready?**«

»Es ist schon Abend. So langsam könnte ich Licht gebrauchen. Aber es ist alles okay, ich hab nämlich eine Riesentaschenlampe mitgebracht. Wie findest du das? Ist doch wirklich Spitzenplanung, oder? Ich mache nie Fehler. Und es läuft immer alles genau so, wie ich es will. Es funktioniert immer. Ich kann es immer machen. Es gibt nichts Besseres als dies hier. Versuch mal, die beiden auseinander laufenden Linien des Hakenkreuzes, die in deinen Körper gegraben sind, aneinander zu reihen. Siehst du's? Die Möbiusschleife, die über meinem Kopf schwebt. Sie breitet sich immer weiter aus und wird zu Fühlern meiner Bosheit. Die Fühler wickeln sich mehrfach um dich und breiten sich aus bis ans Ende des Weltalls. Die Fraktale. In rasender Geschwindigkeit breiten sie sich aus und ergießen sich über den Bildschirm des Computers. Sie strömen aus dem Computer über meine rechte Hand, die die Maus umklammert, direkt in mein Hirn. Sie wollen mich zerstören. Aber als die Eindringlinge mein Zentrum erreichen, beruhigen sie sich plötzlich. Weil sie merken, dass ich viel stärker bin. Ich zähme sie und bekomme dadurch noch viel, viel, viel mehr Energie. Ich gehöre nämlich zur anderen Seite. Ah, Mama, verzeih mir, dein Sohn wird irgendwann einem Wesen gegenüberstehen, das ihm genauso viel bedeutet wie du und wird zu ihm sagen: 'Ich liebe dich.' Aber du bedeutest mir immer noch total viel. Mama, wenn du nicht gewesen wärst, wenn die Fraktale in deinem Körper nicht gewesen wären, wäre ich vielleicht auch nur ein Stück Dreck geblieben, das nichts zustande bringt. Einer, der an das Schicksal glaubt. Wenn ich an deinen roten, geborstenen Kopf denke, kriege ich sofort einen knallharten Steifen. Gleich kommt es mir. Genau. Die Fraktale waren in deinem Körper, Mama. War es nicht so? Sie hatten noch keine erkennbare Form angenommen, aber diese EXISTENZEN waren schon in deinem Körper, bevor der Computer im Physikraum sie berechnet hatte. Ganz eng eingeschlossen in deiner **pussy**, in deinem riesigen weichen Busen. Dann sind sie aus deinem Kopf geplatzt. Ich habe dann meinen **cock** wie einen Stecker dort hineingesteckt und habe Zugang erhalten. Zu Mamas Erinnerung. Da hat alles angefangen. Von einer kleinen Existenz, die jederzeit aufgefressen zu werden droht, bis zur Metamorphose waren diese EXISTENZEN immer in mir versteckt. Mein Körper ist jetzt ausgewachsen. Aber trotzdem glaube ich, dass ich mich innerlich kein bisschen verändert habe.

Ich bin immer noch Mamas kleiner Liebling. Auch wenn ich mir auf Christina Riccis weiße, weiche Oberarme einen runterholen kann, bin ich noch immer das brutale Kind, das noch nie ejakuliert hat. Ich bin selber ein Kind, das Kinder umbringt. Unsere **performance** wird per Handy in die Welt der Erwachsenen übertragen. Im Zufallstakt wandern diese Daten nach draußen. Genauso wie in dem Video. Diese Erwachsenen, die glauben, Kids vergewaltigt und umgebracht zu haben, sind es nicht Wert, von uns Kids vergewaltigt und umgebracht zu werden. Wir strecken unsere blutverschmierten Arme aus der kalten Bildröhre in ihre Welt hinüber und erlangen so Zugang zu ihrer Welt. Ich und ihr, wir können zu einer Seuche, einem willensstarken Gift in der Welt der Erwachsenen werden. Ich bin Mamas kleiner Junge, bin heute noch ein grausames, überaus reines Wesen in dieser Welt. Voll Leichtigkeit vollbringe ich, was die Erwachsenen nie hinkriegen würden. Ich beobachte und jage. Ich schleiche mich von hinten an ein **Kitty** heran, das ewig schreiend in der Möbiusschleife der Zeit herumirrt, plötzlich fange und zerreiße ich es, schlürfe sein Blut und zerfleische es. Natürlich werde ich es wieder tun. Immer wieder. Hör mir gut zu: ich werde es tun!«

»Ich werde es euch allen zeigen.«

Inmitten des Schwindels und des ununterbrochenen Brechreizes, in meinen schmerzenden Ohren, jenseits meiner Gedanken, weine ich. In der Ferne sehe ich eine Masse weißen, leuchtenden Nebels, der mich zu sich heranwinkt. Ich schwimme in der Schwerelosigkeit und versuche, zu dem Nebel zu kommen. In der flüssigen Dunkelheit verliere ich den Boden unter den Füßen. Ich weiß, was dort ist.

Es ist der Wahnsinn und ich renne auf ihn zu, damit seine Arme sich endlich um mich schließen, doch ich weine und schreie noch immer.

DEAD END

✚Anhang
Interview mit Autorin

Ich interessiere mich für Außenseiter. Für Leute, die, wie das Wort schon sagt, sich außerhalb befinden. Ich mag romantische Außenseiter, aber über sie wurde in der Literatur schon ausreichend geschrieben.

Noch mehr interessiert mich aber eine andere Art Außenseiter: Leute, bei denen sich die Grenzen zwischen 'drin' und 'draußen' verzerren; die diese Grenzen ignorieren und sich so ohne weiteres über unsere Begriffe von Gut und Böse hinwegsetzen. Trotzdem sind sie Teil unserer Welt, sind Menschen wie du und ich. Natürlich sind sie nicht sympathisch, aber ich fand sie schon immer faszinierend.

Als ich noch jünger war, haben mich Tabus fasziniert. Das ist nun vorbei. Mein Bedürfnis, diese Außenseiter zu analysieren oder sie subjektiv zu betrachten habe ich auch überwunden. Jetzt habe ich versucht, ihnen einen Raum zu konstruieren, sie quasi filmisch einzufangen.

So ist dieser Roman entstanden.

(Literaturmagazin Bungei, Nr. 219, Winter 2000)

Kuroda:

»Das ist der Kommentar,
den ich anlässlich der Verleihung des Bungei-Preises
im Jahr 2000 verfasst habe.«

JBOOK:

»Da waren Sie gerade mal einundzwanzig
und feierten schon Ihr erfolgreiches Debüt
in der japanischen Literaturwelt.«

Kuroda:

»Ja, das ist richtig.
Seitdem sind schon fünf Jahre vergangen,
aber meine Einstellung zu diesem Roman hat sich nicht
wesentlich verändert.«

JBOOK:

»In ihrem Roman kommen junge Japaner vor,
die über längere Zeit im Ausland gelebt haben und nach
Japan zurückgekehrt sind.
In der japanischen Sprache gibt es sogar
einen eigenen Begriff für diese Kinder.
Das allein ist schon eine Aussage
über die japanische Kultur,
die klare Grenzen definiert zwischen
'drin' und 'draußen'.
Aber die Außenseiter kennen keine Grenzen!«

Kuroda:

»Ja. Die Figuren in meinem Roman sind Jugendliche,
die nirgendwo hin gehören,

Wesen, die eine unbestimmte Existenz führen.
Dieses Gefühl der Unbestimmtheit
ist wirklich typisch japanisch.
Als ich die Geschichte schrieb, hatte ich das stets im Kopf.
Aus deutscher Sicht gesehen erscheint
die japanische Kultur vielleicht wie ein Durcheinander.
Eine Mischung aus materialistischen
und hedonistischen kulturellen Tendenzen
und einer tiefen, friedlichen Spiritualität,
die aus unserer Tradition kommt.
Als Teenager fand ich die Unmenge an Dingen und Waren,
die auf mich einstürmten, ermüdend.
Da war ein Gefühl der bodenlosen Hoffnungslosigkeit.
Ich glaube,
dass viele japanische Kinder in dem Alter diese Empfindung
und ein diffuses Gefühl der Solidarität teilten.«

JBOOK:
»Japan ist wirklich eine Überflussgesellschaft.
Und dann gibt es noch
diese ungeheure Menge an Informationen,
denen man nicht entgehen kann,
die an jeden Ort übermittelt werden.
Man kann fast der Illusion erliegen,
dass es sich ohnehin nur um Fiktion handelt.«

Kuroda:

»Das mag sein. Es gibt bestimmt
überall auf der Welt solche Geschichten,
in denen jemand in all der Informationsflut
seine Identität verliert.
Ich habe versucht,
die Story aus japanischer Sicht zu erzählen,
mit diesem japanischen Gefühl der Unbestimmtheit.
Ich habe abgedroschene Schlagworte wie
Gewalt, Sex und Drogen benutzt.
Das sind Dinge, die es überall gibt,
doch ich habe versucht, sie vor dem spezifischen
Hintergrund der japanischen Kultur
in etwas wirklich Unheimliches zu verwandeln.«

JBOOK:

»Wann begannen Sie diesen Roman zu schreiben?«

Kuroda:

»Das Konzept dafür trug ich schon in mir herum,
als ich ungefähr fünfzehn war.
Ich schrieb damals einige Manuskripte
über alles Mögliche, Dinge,
über die ich nachdachte und die mich interessierten.
Eines davon ist der Prototyp für den Roman.
Ein Jugendlicher wird sich seiner eigenen Bosheit

und Grausamkeit bewusst.
Er verfolgt seine Neigungen bis in den Wahnsinn
und begeht einen Ritualmord.
So ähnlich war die Geschichte wohl,
denn ich erinnere mich nur noch dunkel.
Leider habe ich die Disketten
mit den alten Geschichten verloren.
Wenn ich heute daran denke,
muss ich manchmal über meine finsteren Gedanken
von damals lachen.
Ich halte es jedoch für ganz natürlich,
dass ich mich mit tabuisierten Themen wie
Wahnsinn und versteckten Leidenschaften
beschäftigen wollte.
Irgendwann stellt sich jeder einmal ähnliche Fragen.
Das Interesse an düsteren oder
negativen Dingen beginnt zunächst mit
vielen Fragezeichen:
warum behandeln Menschen andere schlecht?
Wieso hassen sie sich?
Warum töten Menschen einander?
Was ist Liebe?
Es klingt vielleicht naiv,
aber es war einfach so,
dass in meinem Kopf diese Art von Fragen herumschwirrten
und ich das Bedürfnis hatte,

daraus irgendetwas zu machen.
Indem ich die Geschichte aufschrieb,
habe ich versucht,
meine persönlichen Antworten auf diese Fragen zu geben.«

JBOOK:
»Wir freuen uns,
dass wir 'Made in Japan' als erstes Werk
in unserer Reihe JBOOK präsentieren dürfen.
In Ihrem Erstlingswerk beschäftigen Sie sich
auf eine zum Teil sehr radikale Art und Weise mit
Problemen der japanischen Gesellschaft.«

Kuroda:
»Natürlich wurde sofort viel über die skandalträchtigen
Teile der Geschichte geredet.
Es würde mich freuen, wenn die Leser dahinter schauen
und auch die leiseren Anklänge der Geschichte entdecken.«

Spiegelhölle

Acht Erzählungen von Edogawa Rampo

JBOOK 002
ISBN 3-929010-97-6
EUR 16,00
Roman
Deutsche Erstausgabe
Französische Broschur

Erscheint III 2004

»Spiegelhölle«, das sind acht erzählerische Meisterwerke des Vaters des modernen japanischen Kriminalromans, Edogawa Rampo (1894-1965). Der Autor hatte das Pseudonym als phonetische Hommage an Edgar Allan Poe gewählt, dessen Ruhm er in Japan schon seit den zwanziger Jahren des 20. Jahrhunderts weit übertraf. Das gilt bis heute.

Die Figuren in Rampos dekadenter Welt werden von Lust, Eifersucht, Gier und Eitelkeit getrieben und spielen mit Tabus; nicht selten endet das Ganze in Perversion und Mord. Kein Wunder, dass das in der Zeit des japanischen Faschismus die Zensur herausforderte: Beispielsweise war die (hier mit abgedruckte) Erzählung »Die Raupe« komplett verboten.

Mit »Auf der Klippe« (ebenfalls enthalten) setzte 1950 seine literarische Produktion wieder ein. Ihm zu Ehren wird seit den fünfziger Jahren der Edogowa-Rampo-Preis u.a. an Autoren wie Masako Togawa oder Natsuo Kirino verliehen, die den Fans japanischer Literatur längst ein Begriff sind.

Edogawa Rampos umfangreiches Werk überschreitet die Grenzen des Krimi-Genres auf immer wieder überraschende Weise. Erstmals liegt jetzt auf Deutsch eine eigene Sammlung seiner Erzählungen vor: Ein Muss für Weltkrimi-Fans.

DIE SCHWARZE MESSE

Charles Willeford

Pulp Master Band 20
ISBN 3-937755-01-2
EUR 12,00
Roman
Deutsche Erstausgabe

Erscheint März 2005

Merita war eine Göttin der Liebe, ein Luder, heilig und profan zugleich. Eine exotische Königin von goldbrauner Farbe, verführerisch wie ein Espresso macchiato aus edelsten Arabica Bohnen. Doch wer war ihr weißer Begleiter, der mit ihr im Anderson Hotel in Harlem eincheckte? War es wirklich Reverend Deuteronomy Springer? Der Pfarrer aus Jacksonville, Florida, der eigenartige Messen zelebrierte, sich in der Bürgerrechtsbewegung engagierte und seine schwarze Gemeinde zum Busboykott aufgerufen hatte? Wie auch immer, an der Rezeption trug sich Meritas Begleiter als William Johnson ein, und das wiederum war wohl eher eine Erfindung des erfolglosen Schriftstellers Sam Springer aus Miami. Aber Merita war keine Erfindung. Ihr war egal, wer er war, sie wollte ihn wirklich ...

Charles Willefords brillante Pulp-Noir-Groteske erinnert an Klassiker wie ELMER GANTRY oder DIE NACHT DES JÄGERS. Es ist die unglaubliche Geschichte eines ungläubigen Predigers, erzählt von einem unverwechselbaren Giganten.

KETZEREI IN ORANGE
Charles Willeford

Pulp Master Band 19
ISBN 3-937755-00-4
EUR 12,00
Roman

Erscheint März 2005

Einbruch, Diebstahl, Brandstiftung: Dem selbstgefälligen Kunstkritiker James Figueras ist schier jedes Mittel recht, um seinen Namen als Koryphäe des Kunstbetriebes verewigen zu können. Als ihm der wohlhabende amerikanische Kunstsammler Cassidy ein Interview mit dem verschollenen, weltberühmten französischen Künstler Jacques Debierue in Aussicht stellt, der plötzlich im sumpfigen Süden Floridas wieder aufgetaucht sein soll, kann er der Versuchung nicht widerstehen, mit einem Handstreich zu unsterblichem Ruhm zu gelangen. Doch Cassidy vermittelt ihm diese Gelegenheit nicht aus reiner Nächstenliebe. Als Gegenleistung will er ein Gemälde von Debierue für seine Sammlung, und James Figueras soll es für ihn stehlen ... und wenn er dafür über Leichen gehen muss!

Mit seinen Hoke-Moseley-Romanen wie MIAMI BLUES gelang Charles Willeford der Durchbruch, doch gerade seine früheren, vergessenen Pulp-Noir-Grotesken wie KETZEREI IN ORANGE beweisen, dass er ein weit unterschätzter Great American Writer des 20. Jahrhunderts war.

Und die Fremde ist der Tod
Bruno S.
Miron Zownir (Hrsg.)

MaasMedia Vol. 17
ISBN 3-929010-87-9
EUR 9,80

Originalausgabe,
deutsch/englisch
70 Seiten m. Abb.

Aphorismen, Zitate und Zeichnungen von Bruno S. zu dem gleichnamigen Film von Miron Zownir über und mit Bruno S..

Der Fotograf und Filmemacher Miron Zownir stellt uns in diesem Buch gefundene Aphorismen des Gesamtkunstwerkschaffenden Bruno S. vor.
Weltweit berühmt wurde Bruno S. 1975 durch seine Rolle als Kaspar Hauser in Werner Herzogs Film Jeder für sich und Gott gegen alle. Ein Jahr später folgte eine Hauptrolle in Stroszek - ein weiterer Herzog-Film. Begleitend wird es Texte von Autoren und Künstlern geben, die Bruno S.' Leben nach der Herzog-Ära kennengelernt haben: Nico Anfuso, Harry Hass, Thomas Kapielski, Klaus Theuerkauf, Phillip Virus u.a.

Der Horroromnibus-
Gothic Novellen aus
dem 19. und
20. Jhdt.
Claudia Basrawi und
Rainer Knepperges
(Hrsg.)

MaasMedia Vol. 21
ISBN 3-929010-79-8
EUR 19,00
ca. 300 Seiten m. Abb.

Diese Anthologie vereinigt Meisterwerke schwarzer Erzählkunst von klassischen und modernen Autoren.

Mark Twain, Walter de la Mare, Robert Louis Stevenson, Gustav Meyerink u.a. entführen den Leser in das Reich der klassischen Gothic-Novelle. Phantasmagorien, sardonischer Humor und jene Dosis an Parabel, die über die atmosphärisch erzählten Gruselszenarien zeitlose Gesellschaftsbeobachtung legt, gehören ebenso in diese Welt wie die Begegnung mit dem Engel Satan und die Haschischexperimente eines esoterischen Börsenmaklers.

Der Filmemacher und Autor (Gdnitmao-Abweichungen vom deutschen Film) Rainer Knepperges kennt »Dunkle Winkel im Wohlvertrauten und helle Lichtungen im Verborgenen« und wird mit der Literatin Claudia Basrawi , gemeinsam auf diesen Pfaden wandelnd, noch weitere Erzähler und ihre Geschichten für den Horroromnibus entdecken.

Ferner begeben wir uns gerade auf die Suche nach geeigneten Zeichnungen und Illustrationen für dieses gespenstische Unterfangen.